La captive de Santara

MICHELLE CONDER

La captive de Santara

Traduction française de

SYLVIE CALMELS-ROUFFET

Azur

HARLEQUIN

Collection : Azur

Titre original :
BOUND TO HER DESERT CAPTOR

HARPERCOLLINS FRANCE
83-85, boulevard Vincent-Auriol, 75646 PARIS CEDEX 13
Service Lectrices — Tél. : 01 45 82 47 47

www.harlequin.fr

ISBN 978-2-2804-1362-6 — ISSN 0993-4448

1.

— Désolé, Votre Majesté, nous n'avons toujours aucune trace de votre sœur, annonça Tarik en baissant la tête.

Jaeger al-Hadrid, roi de Santara, prit note d'un bref hochement de tête, puis tourna le dos à son aide de camp, le regard perdu sur la ville d'Aran en contrebas.

L'aube se levait à peine et le soleil qui émergeait du golfe de Ma'an inondait la capitale endormie d'une lumière dorée. Perché sur un piton rocheux, le palais royal surplombait l'ancien port industriel, aujourd'hui transformé en site touristique alliant tradition et modernité avec ses complexes hôteliers, ses boutiques et ses restaurants. C'était l'un de ces projets dont Jaeger avait le secret pour dynamiser l'économie locale et assurer le développement de son pays dans un monde en pleine mutation.

Mais en cet instant, il ne voyait rien de tout ceci tant son inquiétude était grande. La disparition de sa sœur absorbait toutes ses pensées.

Où est-elle, bon sang ? Est-elle en sécurité ?

Une semaine auparavant, de retour d'un voyage d'affaires à Londres, il avait trouvé un message sur son bureau.

Cher Jag,

Je sais que ça ne va pas te plaire, mais je m'absente de Santara pour quelque temps. C'est important pour moi, alors je ne te dis pas où je pars et je n'emporte pas non plus mon téléphone portable, sinon tu me retrou-

verais avant même que je sois arrivée ! Ne t'inquiète pas, je vais bien.

Je t'aime,

Milena xxx

« Ne t'inquiète pas ! » Plus facile à dire qu'à faire… Après ce qui s'était passé trois ans auparavant, comment pourrait-il ne pas s'inquiéter ? La seule information que ses services de renseignements avaient réussi à obtenir, c'était la présence de Milena sur un vol à destination d'Athènes, avant qu'elle disparaisse en compagnie d'un homme identifié comme étant Chad James.

Jaeger ferma les yeux, s'obligeant à respirer profondément. Chad James… C'était un jeune et brillant ingénieur qu'il était allé personnellement recruter aux États-Unis pour intégrer l'équipe de recherche de GeoTech Industries, l'entreprise de technologies de pointe créée par ses soins pour rivaliser avec les start-up de la Silicon Valley. Il avait aussi autorisé sa sœur à travailler avec lui ces six derniers mois. Et comme par hasard, Chad James avait pris un congé sans solde le jour même de la disparition de Milena. Avait-il abusé de la naïveté sentimentale de sa sœur pour profiter de sa fortune et de son titre ? L'avait-il persuadée de partir avec lui pour une soi-disant escapade amoureuse, qui allait se terminer par un chantage financier ?

Jaeger serra les poings. Cette fois encore, il n'avait pas su protéger sa sœur. Pire, il l'avait lui-même jetée dans les griffes de Chad James. Et cette histoire ne pouvait pas tomber plus mal…

Ces dix dernières années, il avait travaillé comme un forcené pour sortir le royaume du marasme économique et politique dans lequel son père l'avait laissé. Et juste au moment où Santara était enfin sur le point d'être reconnu comme une puissance politique et économique à part entière sur la scène internationale, voilà que la princesse Milena s'évanouissait dans la nature !

— Comment a-t-on pu perdre sa trace avec les moyens dont nous disposons aujourd'hui ? lança-t-il à Tarik.

Le vieil homme, que Jaeger connaissait depuis l'enfance, secoua la tête.

— Sans son téléphone portable ou son PC, impossible de la géolocaliser. Quant aux images de vidéosurveillance des ports du Pirée, de Rafina et de Lavrio, elles n'ont rien donné.

Un coup frappé à la porte les interrompit.

À l'invitation de Jaeger, un secrétaire entra. Il murmura quelques mots à l'oreille de Tarik. Le cœur de Jaeger bondit dans sa gorge. *Pourvu qu'il ne soit rien arrivé à Milena !* Notant sans doute son expression tendue, Tarik s'empressa de le rassurer d'un signe de tête. Non, il ne s'agissait pas d'elle.

Jaeger laissa échapper un soupir soulagé. Seul son très proche entourage était au courant de la disparition de Milena, et c'est dans le plus grand secret qu'une équipe de soldats d'élite avait été mobilisée pour partir à sa recherche. Il n'avait pas non plus prévenu le prince héritier de Toran, dont le mariage avec Milena devait être célébré en grande pompe dans un peu moins de trois mois. Jaeger n'osait imaginer le scandale si la fugue de sa sœur s'ébruitait, alors même que Santara s'apprêtait à accueillir les dirigeants du monde entier pour discuter des enjeux économiques et environnementaux de la planète.

— Du nouveau ? demanda-t-il une fois le secrétaire sorti.

— Il semblerait que la sœur de Chad James ait atterri à Santara. Un rapport la concernant vient de vous être adressé.

Jaeger se tourna vers son PC pour ouvrir la pièce jointe du dernier message reçu dans sa boîte mail.

Identité : Regan James

Âge : vingt-cinq ans

Brune, yeux bruns, institutrice dans une école privée.

Célibataire, locataire d'un appartement à Brooklyn. Pas d'animaux de compagnie, pas de convictions politiques connues ou de mandats d'arrêt la concernant. Parents décédés.

Sur la page suivante du rapport figurait une photo de la jeune femme. Le cliché avait été pris sur une plage. Cheveux au vent, elle souriait à l'objectif. Un sourire immense qui découvrait des dents d'une blancheur étincelante. Et la lumière qui émanait de son regard illuminait ses traits délicats. C'était le portrait d'une jeune femme ravissante qui ne ferait pas de mal à une mouche. Et ses cheveux n'étaient pas bruns, ils étaient cuivrés. Ses yeux non plus n'étaient pas bruns, ils étaient… ils étaient…

Jaeger fronça les sourcils, interrompant le tour pris par ses pensées. Les yeux de cette fille étaient bruns comme mentionné dans le rapport. Point barre.

— Où est-elle ?

— Elle a réservé une chambre au Santara International Hotel, répondit Tarik.

Jaeger fixa le portrait sur l'écran. Le frère de cette femme avait trahi sa confiance et le paierait cher quand il mettrait la main sur lui. La bouffée de rage qui le submergea fit disparaître le visage souriant de Regan James dans une sorte de brouillard sombre.

— Surveillez-la. Je veux savoir où elle va, à qui elle parle, ce qu'elle mange. Je veux être informé de ses moindres faits et gestes. Compris ?

— Parfaitement, Majesté.

Après toute une journée passée à sillonner l'antique cité d'Aran en quête du moindre indice susceptible de l'aider à retrouver son frère, tout ce que Regan avait appris, c'était qu'il faisait chaud dans ce pays. Très chaud. Mais quand elle entra dans le bar à chicha, un frisson glacé descendit le long de sa colonne vertébrale.

La salle obscure était encombrée de tables autour desquelles, assis sur des chaises disparates, des hommes jouaient aux cartes en fumant le narguilé sur fond de musique orientale. Au plafond, un vieux ventilateur à pales brassait l'air moite et enfumé.

Résistant à l'envie de tourner les talons pour s'enfuir à toutes jambes, elle releva le menton et se fraya un chemin vers le bar, devant lequel s'alignaient une dizaine de tabourets hauts, à l'assise de cuir usée jusqu'à la trame.

Elle était venue à Santara pour savoir ce qui était arrivé à Chad et cet endroit était son dernier espoir. Des heures durant, elle avait erré dans les ruelles de la capitale de Santara, dont la population était loin d'être aussi accueillante et chaleureuse que le prétendaient les brochures touristiques. Personne chez GeoTech Industries n'avait daigné répondre à ses questions. Quant au propriétaire à tête de fouine qui louait un studio à Chad, il s'était montré particulièrement désagréable. Il avait refusé de lui ouvrir l'appartement et quand Regan avait insisté, il avait menacé d'appeler la police. Ce à quoi elle lui avait répondu de ne pas se donner cette peine puisqu'elle y allait de ce pas. Au poste de police, le flic de service avait bougonné dans sa barbe que Chad n'avait pas disparu depuis suffisamment longtemps pour lancer une enquête. L'air indifférent, il lui avait dit de revenir plus tard, sans préciser quand. Épuisée par le décalage horaire et morte d'inquiétude, Regan avait été à deux doigts de fondre en larmes. Elle s'était alors souvenue du bar à chicha mentionné par Chad lors d'un de ses coups de fil hebdomadaires.

À son entrée, les têtes s'étaient tournées et le brouhaha avait faibli. Quand elle sortait le soir à New York, c'était très souvent accompagnée de Penny, son amie et collègue de travail. Elle aurait donné cher pour l'avoir à ses côtés en ce moment tant elle se sentait mal à l'aise, seule femme dans ce bar peuplé d'hommes. Elle avait l'impression que tous l'observaient comme une bête curieuse, menaçants. Son pouls s'accéléra.

Du calme ! Elle était tellement inquiète pour son frère qu'elle avait tendance à dramatiser.

Dans son dernier mail, la semaine précédente, Chad lui avait demandé de ne pas essayer de le contacter pendant quelque temps car il serait injoignable sur son portable. Venant d'un gars accro à son smartphone, le message avait aussitôt déclenché chez Regan une série de voyants rouges – effet secondaire du rôle de mère poule qu'elle avait endossé à la mort de leurs parents, quand Chad n'était encore qu'un ado de quatorze ans. Deux jours durant, elle avait ravalé ses inquiétudes et tenté de le contacter. Sans succès. Pour finir, Penny l'avait quasiment poussée dans un vol à destination de Santara.

— Va là-bas t'assurer que tout va bien, avait insisté son amie. Tu ne peux pas travailler avec les enfants dans cet état de stress, et tu n'as pas pris de vraies vacances depuis que je te connais. Alors au mieux, tu vas vivre une belle aventure. Au pire…

Penny n'avait pas terminé sa phrase, se contentant de conclure sur un « Fais attention à toi » qui n'avait rien eu de très rassurant.

Jetant un rapide regard circulaire sur la salle, Regan nota la présence d'une silhouette dans le coin le plus sombre. L'homme, tout de noir vêtu, la tête couverte d'un keffieh, était assis sur une chaise fatiguée, ses longues jambes étendues sous la table. Elle n'aurait su dire ce qui chez lui avait retenu son regard, mais le sentiment qu'il était dangereux la fit de nouveau frissonner malgré la chaleur ambiante.

Calme-toi. Tu es en train de virer parano. Elle se félicitait cependant d'avoir une bombe lacrymogène au fond de son sac à main.

Elle leva la tête et adressa un sourire poli au barman derrière le comptoir – une véritable armoire à glace.

— Qu'est-ce que ce sera ? demanda-t-il d'un ton brusque.

— Rien, merci. Je cherche un homme.

L'œil soudain lubrique, le barman haussa un sourcil.

— Ce n'est pas ce qui manque ici.

— Oh ! non…, bredouilla Regan, affreusement gênée.

Elle fouilla dans sa poche et en sortit une photo récente de Chad.

— Je cherche cet homme.

Le barman y jeta un coup d'œil.

— Jamais vu.

— Vous êtes sûr ? Il vient parfois ici.

— Je suis sûr, maugréa le barman en prenant un verre, qu'il se mit en devoir d'essuyer avec un torchon qui n'avait sans doute jamais vu l'intérieur d'une machine à laver. Bon, si vous voulez fumer la chicha, j'ai parfum framboise ou pêche.

— Non merci, répéta Regan d'une voix lasse.

Ce qu'elle voulait, c'était un guide. Quelqu'un qui l'aiderait à naviguer dans cette ville à la recherche de son frère. Elle avait bien songé à louer une voiture à l'aéroport, mais elle n'avait pas l'habitude de conduire à gauche et son sens de l'orientation laissait à désirer. Chad la taquinait souvent à ce sujet…

L'angoisse lui serra la gorge. Imaginer ne serait-ce qu'une fraction de seconde ne plus revoir son frère était insupportable. Après le décès de leurs parents, il avait été sa raison de vivre, sa planche de salut, celui qui l'avait empêchée de sombrer dans le désespoir.

— Comme vous voulez, grommela le barman en se dirigeant vers un client en tenue locale, caftan et sarouel, comme tous les autres.

Sauf un, rectifia mentalement Regan. L'homme assis au fond de la salle. Elle lui glissa un regard en biais. Il l'observait, parfaitement immobile. Respirait-il seulement ?

Dans un sursaut de fierté, elle redressa les épaules. Elle était ici pour retrouver son frère, et ce n'étaient pas un barman revêche ni ce gars en noir à l'allure inquiétante qui allaient la décourager !

La photo de Chad à la main, elle se mit à circuler de table en table, en interrogeant les clients. Personne ne se souvenait de lui. Ce ne fut qu'en s'approchant d'une table autour de laquelle des hommes jouaient au baccara qu'elle s'aperçut que le niveau sonore des conversations dans la salle avait de nouveau considérablement faibli. Elle plaqua un sourire nerveux sur ses lèvres, puis présenta le portrait de son frère aux joueurs ; là aussi sans succès Quelques-uns lui rendirent son sourire sans se gêner pour la détailler des pieds à la tête.

Elle se savait parfaitement décente et respectable avec son pantalon de toile bleu marine, son chemisier blanc à manches longues et ses cheveux dissimulés sous un foulard. Ce qui n'empêcha pas l'un des joueurs de faire un commentaire en langue locale, d'une voix suggestive qui déclencha les rires de la tablée.

Regan réprima un soupir agacé. Pas besoin d'être polyglotte

pour comprendre que la remarque n'avait rien d'élégant. Même à l'autre bout de la planète, certains comportements restaient universels.

— Merci pour votre aide, messieurs, conclut-elle de son ton le plus sévère d'institutrice, avant de se tourner vers la table voisine.

Celle de l'homme en noir…

Machinalement, le regard de Regan dériva sur les longues mains brunes croisées sur un ventre plat, remonta le long des boutons de la chemise vers le cou bronzé et la mâchoire carrée. Elle enregistra la bouche sensuelle, le nez aquilin et les yeux… Des yeux d'un bleu saphir comme elle n'en avait jamais vu. Son examen n'alla pas plus loin : prisonnière de ce regard étincelant, elle se figea, fascinée, le cœur battant comme si elle venait de s'engager dans des sables mouvants qui s'apprêteraient à l'engloutir.

Sauve-toi ! lui hurlait son instinct, mais son corps n'obéissait pas. Parce que cet homme était d'une beauté hypnotique. Ce constat fit courir dans ses veines une vague de chaleur qui lui empourpra les joues.

Seigneur, ce n'était pas le moment de jouer les midinettes ! Elle cligna des yeux, le cerveau engourdi, cherchant quoi dire, quand l'inconnu repoussa brusquement du pied la chaise face à lui.

— Asseyez-vous !

La voix était grave. Autoritaire. Vu de près, il était impressionnant. D'une virilité sans équivoque tant il dégageait une impression de force physique. Il aurait pu la soulever d'une main pour l'emmener où bon lui semblait. Ce qui n'aurait pas été pour lui déplaire, réalisa Regan, choquée. Un frisson d'excitation la parcourut – une réaction ridicule, totalement irrationnelle. Elle n'était pas du genre à fantasmer sur les hommes. Surtout quand ils avaient l'air aussi dangereux que celui-ci. Cela dit, elle ne craignait pas grand-chose dans ce bar surpeuplé, dont les clients l'observaient à présent avec curiosité, comme s'ils guettaient sa réaction.

Soucieuse d'échapper à leurs regards inquisiteurs, elle choisit d'obtempérer et s'assit au bord de la chaise, face à l'inconnu, son sac à main serré contre son ventre tel un bouclier entre eux. Il jeta un coup d'œil dessus avec un petit sourire narquois avant de relever les yeux sur elle.

Sous son regard impassible, qui paraissait capable de pénétrer ses pensées les plus secrètes, Regan réprima une furieuse envie de se sauver. Pour aller où ? Dans l'immédiat, elle n'avait pas d'autre piste que ce bar.

— Le spectacle vous plaît ?

La voix glissa sur sa peau comme du velours et Regan prit conscience qu'elle avait le regard rivé sur la bouche de l'inconnu. Elle prit également conscience de la crispation entre ses cuisses. Une pulsion primitive, totalement indécente. Jamais elle n'avait éprouvé une attirance sexuelle aussi subite, aussi violente, pour un homme. Et la lueur dans ses yeux d'un bleu perçant disait clairement qu'il l'avait deviné.

Troublée et consternée par l'absurdité de sa réaction, elle soutint son regard.

— Vous parlez anglais ?

— À l'évidence.

Le ton moqueur lui donnait l'impression d'être idiote.

— Je veux dire, vous parlez *très bien* anglais.

— Que faites-vous ici, *American Lady* ?

— Comment savez-vous d'où je viens ? Vous êtes américain ?

— J'en ai l'air ?

Il avait surtout l'air d'un homme capable d'inciter une nonne à trahir ses vœux de chasteté.

— Non.

— Bien. Je répète ma question : que faites-vous ici ?

Regan inspira profondément. Elle hésitait à lui tendre la photo de Chad. Sous son air détaché, l'inconnu semblait prêt à lui sauter dessus au moindre faux pas.

— Je… Je cherche mon frère.

Elle posa finalement la photo sur la table et la poussa vers lui en prenant garde d'éviter que leurs doigts se touchent. Il accrocha son regard un peu plus longtemps que nécessaire, comme s'il savait exactement ce à quoi elle pensait. Elle espérait se tromper, parce qu'elle était toujours sous l'emprise de la troublante attraction sexuelle qu'il exerçait sur elle.

— Vous l'avez vu ? murmura-t-elle.

— Possible. Pourquoi le cherchez-vous ?

Regan écarquilla les yeux. Une étincelle d'espoir s'alluma en elle. Peut-être avait-elle enfin trouvé la personne qui pourrait l'aider !

— Je n'ai plus de nouvelles de lui et je ne sais pas où il est. Vous, vous le savez ?

— Quand avez-vous eu de ses nouvelles pour la dernière fois ?

Le ton était tranchant. Regan eut soudain la désagréable impression que cet homme cherchait lui aussi Chad.

— Pourquoi ne me répondez-vous pas ? questionna-t-elle à son tour, sur le qui-vive. Comment se fait-il que vous connaissiez mon frère ?

— Je n'ai pas dit que je le connaissais.

— Mais vous… Vous avez dit…

Elle s'interrompit et secoua la tête. Qu'avait-il dit au juste ? Elle porta la main à son front, derrière lequel pointait une migraine.

— Écoutez, la journée a été longue et je suis fatiguée. Si vous savez où est mon frère, ce serait sympa de me le dire.

Il la dévisagea de nouveau longuement avant de répondre :

— Je ne sais pas.

Quelque chose dans son ton clochait, mais elle n'aurait su dire quoi. Après l'intense moment d'espoir, une minute plus tôt, le désespoir n'en était que plus cruel.

— D'accord. Bon…

— À quand remonte la dernière fois où vous avez eu de ses nouvelles ? insista l'inconnu.

Regan se raidit, méfiante.

— Pourquoi cette question ? Vous venez de me dire que vous ne savez pas où il est.

— Je peux peut-être vous aider.

Leurs regards s'affrontèrent, et Regan eut l'image du lion observant une gazelle avant de lui bondir dessus.

— M'aider ?

— Oui. On dirait que vous en avez besoin.

Il lui sourit. C'était un sourire froid, un sourire en lame de couteau sans une once de chaleur humaine. Mais Regan avait en effet besoin d'aide. Surtout venant de quelqu'un du pays. Quelqu'un qui pourrait même connaître Chad. Toutefois, cet homme prétendait le contraire et il la mettait mal à l'aise. Elle l'avait jugé dangereux à la seconde où elle l'avait aperçu. Et si vu de près il était incroyablement séduisant, cela ne changeait rien à sa première impression. Certes, il n'avait eu aucun geste menaçant, mais elle faisait confiance à son intuition. Et son intuition lui soufflait de s'en méfier.

— Merci, mais je vais me débrouiller.

— Vraiment ? Seule en pleine nuit, dans une ville que vous ne connaissez pas, ce n'est pas très prudent, *American Lady.*

Regan pinça les lèvres, vexée par la part de vérité contenue dans ses paroles.

— J'habite New York. Je sais ce que je fais.

— C'est-à-dire ? Vous comptez aller de bar en bar en mettant la photo de votre frère sous le nez de toutes les personnes que vous croiserez ?

C'était l'idée, en effet. La seule qui lui venait à l'esprit. Sauf qu'exprimée ainsi, elle paraissait ridicule.

— C'est parfait si vous cherchez les ennuis en même temps que votre frère, ironisa son interlocuteur.

Regan allait répliquer, exaspérée par tant de suffisance, lorsqu'il leva la main, lui intimant ainsi le silence.

— Vous devriez accepter mon aide, *American Lady.* Vous êtes ici depuis quelques heures seulement et vous ne connaissez rien de ce pays.

— Comment savez-vous que je viens d'arriver ?

— Si vous étiez là depuis plus longtemps, vous ne feriez pas le tour des bars sans gardes du corps.

L'estomac noué par l'appréhension, Regan balaya la salle du regard, évaluant les visages égrillards tournés vers elle. Elle se leva.

— Rendez-moi la photo, s'il vous plaît.

— Où comptez-vous aller ?

Comme s'il la croyait assez bête pour le lui dire !

— Je ne veux pas vous déranger plus longtemps, répondit-elle sèchement. Il se fait tard.

— Vous allez sortir d'ici toute seule ?

— Exactement. Il y a un problème ?

— Je ne sais pas. Vous êtes de taille à affronter une dizaine d'hommes, *American Lady* ?

La voix grave provoqua de nouveau des frissons sur sa peau. Leurs regards se croisèrent ; quelque chose de primitif passa entre eux. Son intuition lui souffla que cet inconnu était plus dangereux pour elle qu'une dizaine de ses congénères.

Elle lui adressa un sourire pincé.

— Nous verrons bien.

Le brouhaha des conversations dans la salle se tut. Consciente des regards concupiscents qui la déshabillaient, Regan plongea la main dans son sac. Elle crispa les doigts sur la bombe lacrymo, avant de se frayer rapidement un chemin vers la sortie, comme si sa vie en dépendait.

Une fois dehors, elle s'empressa de héler le taxi qui par miracle passait devant le bar. La seconde suivante, elle était en sécurité sur la banquette arrière. Elle donna l'adresse de son hôtel au chauffeur, avant de s'affaler contre le dossier avec un soupir soulagé. Elle réalisa alors que l'homme en noir ne lui avait pas rendu la photo de Chad.

Elle jeta un coup d'œil anxieux par la lunette arrière, s'attendant à le voir sur le trottoir. Naturellement, il n'y était pas. Elle s'inquiétait pour rien. Quant à la photo, tant pis, elle en imprimerait une autre.

2.

Face à la porte de la chambre d'hôtel, Jaeger hésita. Il s'interrogeait sur la pertinence de ce qu'il s'apprêtait à faire.

Visiblement, Regan James ne savait pas où était son frère. Elle ne semblait pas non plus savoir que Milena avait disparu avec lui. D'un autre côté, elle s'était refermée comme une huître quand il lui avait demandé à quand remontait le dernier contact avec son frère. Était-ce par autoprotection ou parce qu'elle avait quelque chose à cacher ? Difficile à dire…

De toute façon, elle était son seul lien avec Chad James, et elle disposait forcément de renseignements sur lui qui pourraient l'aider à retrouver Milena.

Comme il levait la main pour frapper à la porte, un sourire naquit sur ses lèvres. Regan James était une beauté. Il ne s'était pas trompé quand il l'avait vue pour la première fois en photo : ses yeux n'étaient pas bruns mais topaze, et sa chevelure avait les nuances d'or roux des sables du désert au soleil couchant. Il y avait sa voix aussi, une voix chaude et sensuelle…

Il n'avait pas été le seul à le remarquer, à en juger par la lueur de convoitise dans les regards des clients du bar. La silhouette fine et gracieuse de la jeune Américaine attirait l'œil, et son sourire était tout simplement éblouissant. Dès qu'il l'avait aperçue, son pouls s'était accéléré, et quand elle s'était tenue face à lui avec ses grands yeux de biche emplis de désarroi et d'incertitude, il avait été pris d'une envie folle de se lever pour la prendre dans ses bras.

Jaeger ne se souvenait pas d'avoir été autant touché par une femme, ni d'avoir éprouvé un désir aussi brutal. Mais s'il était ici, c'était pour l'interroger, car il avait vite compris que ce serait impossible dans ce bar, où certains de ses concitoyens avaient fini par le reconnaître malgré sa tenue et l'absence de barbe. Machinalement, il passa la main sur ses joues rasées de près. Aussitôt, l'idée de les frotter contre la peau crémeuse du décolleté de Regan James lui traversa l'esprit, altérant sa respiration.

Il plissa le front. Voilà bien longtemps que ce genre d'émotion n'avait pas pris le pas sur son intellect. Certains oseraient même dire *jamais*. Milena l'accusait souvent d'être inhumain, d'avoir dans les veines de la glace à la place du sang. Faux. Sa réaction physique à la présence de Regan James en était la preuve. Mais pour un dirigeant, il était essentiel de garder la tête froide. Pas question de laisser sa libido influencer ses prises de décision.

Son poing s'abattit sur la porte. Il entendit le bruit de l'eau qu'on coupe, suivi d'une voix féminine.

— Une seconde.

Peu après, la porte s'ouvrit en grand.

— Vous !

— Moi, répliqua Jaeger.

Son inopportune montée de désir à la vue de Regan James enveloppée dans un peignoir, les cheveux humides, avait enroué sa voix. Avant qu'elle ait eu le temps de reprendre ses esprits et de lui claquer la porte au nez, il l'écarta de son chemin et entra dans la chambre.

— Eh ! Vous n'avez pas le droit de débarquer chez les gens comme ça !

Sans prendre la peine de lui répondre, il balaya la pièce d'un regard circulaire en quête d'indices susceptibles de le mettre sur la piste de Chad James.

— Vous êtes sourd ?

Regan lui agrippa le bras pour le forcer à se tourner vers elle. Un geste si inattendu, si choquant, qu'il se tourna en effet vers elle. Personne ne touchait le roi sans y avoir été autorisé. Jamais.

La voyant resserrer les pans du peignoir autour de sa gorge, il eut une conscience aiguë du corps nu de la jeune femme sous la fine toile de coton. L'envie le saisit de lui arracher ce peignoir pour sombrer dans sa douceur féminine jusqu'à ne plus sentir le poids du devoir sur ses épaules. Jusqu'à ne plus sentir le poids de la solitude. Hélas, nul n'échappait à son destin. Une nuit passée dans les bras de cette femme n'y changerait rien. Le devoir et la solitude allaient de pair. Il l'avait appris très jeune.

Réprimant brutalement ces pensées et ses envies déplacées, il fusilla Regan du regard.

— Je ne suis pas sourd.

— Dans ce cas…

Elle releva le menton d'un air de défi.

— Que faites-vous ici ?

Il jeta la photo de Chad James sur la table basse.

— Vous l'avez laissée derrière vous.

Elle baissa les yeux sur le cliché.

— Eh bien… Merci. Vous auriez pu la déposer à la réception de l'hôtel.

Jaeger fit le tour de la chambre et souleva le couvercle de sa valise pour en examiner rapidement le contenu.

— C'est votre seul bagage ?

L'air scandalisé, Regan traversa la pièce au pas de charge et referma la valise d'un coup sec.

— Ça ne vous regarde pas !

Jugeant qu'il avait perdu assez de temps à ménager cette insolente, Jaeger lui décocha un regard qui faisait généralement trembler les hommes les plus courageux.

— Je vous ai posé une question, *American Lady.*

Elle renversa la tête en arrière, et soutint son regard sans ciller. Il avait beau la dominer en taille et en poids, elle ne reculait pas. À croire qu'elle était suicidaire ou totalement dépourvue d'instinct de survie.

— Et moi, monsieur, je vous demande de quitter ma chambre.

Jaeger esquissa un sourire. Elle avait du cran, mais le pouls qui battait à la base de son cou trahissait sa peur.

— Dites-moi d'abord ce que vous savez sur votre frère, répliqua-t-il d'une voix d'une douceur menaçante.

Regan recula d'un pas.
— Alors, vous le connaissez… Pourquoi m'avoir menti tout à l'heure ?
— C'est moi qui pose les questions, *American Lady*.
Elle secoua la tête.
— Mon frère a disparu à cause de vous, c'est ça ?
Jaeger esquissa un sourire dédaigneux.
— Si c'était le cas, pourquoi serais-je ici, à votre avis ?
— Je ne sais pas. Je n'ai aucune idée de ce que vous voulez.
Elle déglutit. La crainte se lisait à présent dans ses yeux. Jaeger hésita. Pour une raison confuse, il éprouvait soudain le besoin de la rassurer, de la protéger. Et puis il serait plus facile de lui soutirer des informations si elle se détendait un peu.
— N'ayez pas peur, mademoiselle James. Je veux simplement vous poser quelques questions.
L'entendre prononcer son nom déclencha chez elle un accès de panique. Jaeger la vit écarquiller les yeux et tourner la tête sur le côté, en quête manifestement d'une issue de secours. Il n'eut pas le temps de la rassurer qu'elle détalait en direction du téléphone de la chambre.
S'il avait voulu prévenir l'hôtel de sa présence, il s'en serait chargé lui-même. Or ce n'était pas dans ses intentions. Il stoppa donc la jeune femme dans son élan en l'enveloppant de ses bras par-derrière et la souleva de terre. Aussitôt, elle se cabra et se mit à batailler contre lui. Elle se débattait comme un chat. Toutes griffes dehors, elle lui labourait les avant-bras de ses ongles et lançait des coups de pied.
— Calmez-vous, grommela-t-il avec une grimace quand le talon de la furie rencontra son tibia.
Pour un si petit être, elle déployait un sacré courage et une belle énergie. S'il n'avait pas été aussi exaspéré, il aurait été impressionné.
— Bon sang, je ne vais pas…
Jaeger lâcha un juron quand le coude de la jeune femme heurta son bas-ventre, évitant de justesse certaines parties sensibles de son anatomie. Décidé à en finir, il la retourna et la plaqua contre lui, en lui bloquant les mains dans le

dos. Au cours de la lutte, le peignoir de Regan s'était ouvert. Cette nouvelle position eut pour résultat de mettre ses seins directement au contact de son torse. Son corps réagit comme celui d'un ado de quinze ans et non comme celui d'un homme de trente ans à la tête d'un royaume.

Haletante, Regan leva sur lui un regard assassin. La masse confuse de ses cheveux humides encadrait son visage rouge de colère. Elle était splendide. Jaeger en eut le souffle coupé.

— Je vais vous lâcher. Si vous essayez de m'échapper ou d'attraper l'arme qui se trouve dans votre sac à main, je vous ligote. Si vous restez tranquille, ce sera plus facile pour tout le monde.

Surtout pour moi.

— Compris, mademoiselle James ?

Face à son silence obstiné, Jaeger secoua la tête, agacé, et la libéra. S'il lui reprenait l'envie de se sauver, il n'aurait pas de mal à l'immobiliser de nouveau, mais il préférait éviter. Le contact physique avec cette fille exerçait un effet dévastateur sur sa libido. Sans doute était-ce dû au stress lié à la disparition de Milena, se dit-il.

— Où est votre téléphone ? demanda-t-il en jetant un regard autour de lui.

Il voulait vérifier les appels qu'elle avait reçus dans la journée. Elle continua de se taire. À voir son expression butée, elle n'avait pas l'intention d'obtempérer.

— Mademoiselle James, ne me poussez pas à bout en rendant cette situation plus compliquée qu'elle ne l'est déjà.

— Vous pousser à bout ! explosa-t-elle. C'est la meilleure ! Vous débarquez dans ma chambre, vous m'agressez et c'est moi qui vous pousse à bout ?

— Je ne vous ai pas agressée, rectifia Jaeger, faisant appel à toute sa patience. Je vous ai simplement immobilisée, ce que je referai sans hésiter à toute nouvelle tentative de fuite.

Regan croisa les bras.

— Vous voulez quoi ? lâcha-t-elle entre ses dents.

— Pas vous, soyez tranquille de ce côté-là.

Elle le dévisagea d'un œil méfiant, ce qu'il pouvait comprendre compte tenu de la façon dont il venait de la plaquer contre lui. Cela dit, c'était la vérité. Il préférait la compagnie de femmes plus sophistiquées, plus souples et consentantes. Ce que cette Américaine n'était pas. Elle ne remplissait aucun des trois critères.

Dans ce cas, pourquoi t'excite-t-elle autant ? lui susurra une traîtresse petite voix intérieure.

— Asseyez-vous, mademoiselle James. Tout ce que je veux, ce sont des renseignements concernant votre frère.

Elle le fixa sans bouger d'un pouce. S'exhortant à la patience, Jaeger s'installa sur le canapé.

— Vous avez reçu un message de sa part il y a une semaine. Lui avez-vous parlé depuis ?

— Comment savez-vous qu'il m'a écrit ?

— C'est moi qui pose les questions. Vous, vous répondez.

— Je ne vous dirai rien.

— Un conseil, mademoiselle James. Ne jouez pas à ce petit jeu avec moi, répliqua Jaeger.

Malgré la menace, elle persistait à le regarder comme si elle mourait d'envie de le mordre, ce qui l'excitait au plus haut point.

— Je n'ai pas eu de contact avec lui depuis son dernier mail, dit-elle enfin, visiblement à contrecœur.

— Pourquoi êtes-vous venue à Santara ?

Elle pinça les lèvres, et l'espace d'un instant il crut qu'elle allait le défier une fois de plus.

— Mon frère répond toujours à mes appels. Il est donc normal que je m'inquiète quand il ne donne plus signe de vie.

— Si je comprends bien, vous êtes proches.

— Très.

La conviction dans la voix de la jeune femme éveilla chez Jaeger une pointe d'amertume. Lui aussi avait été proche de sa sœur. Mais ça, c'était avant qu'il soit couronné roi, à la suite de la mort accidentelle de leur père. Ensuite, il n'y avait plus eu de place pour leur complicité d'autrefois.

— Que savez-vous des activités de votre frère, dernièrement ?

— Rien.

— Vraiment ?

Jaeger contempla fixement Regan. Il vit le rouge de l'exaspération naître au creux de sa gorge, gagner son cou et remonter jusqu'à ses pommettes.

— Vraiment, affirma-t-elle en basculant d'un pied sur l'autre.

Ses yeux jetaient des étincelles, comme si elle luttait contre son envie de le provoquer – voire de l'écorcher vif. Il aurait pu s'en amuser si son insolence n'avait pas été aussi séduisante.

— Tout ce que je sais, reprit-elle avec une moue méprisante, c'est qu'il aime son travail, qu'il passe son temps libre à parcourir le désert, qu'il a récemment acheté un grille-pain dont il est très content et qu'il a une nouvelle assistante.

— Une nouvelle assistante ?

— Oui. Et maintenant, à vous de répondre à mes questions.

Regan planta les poings sur les hanches, ce qui élargit l'ouverture du peignoir sur son décolleté.

— Pour quelle raison vous intéressez-vous à mon frère ?

Relevant les yeux du creux sombre et tentateur à la naissance de ses seins, Jaeger réprima sa libido.

— Il détient quelque chose qui m'appartient.

— Il vous l'a volé ?

La stupéfaction dans la voix de la jeune femme amena un sourire sinistre sur ses lèvres.

— On peut le dire comme ça…

Regan nota le tressaillement à peine perceptible des muscles de son visiteur, la tension contenue qui crispait ses mâchoires et ses poings. De nouveau, l'image du prédateur prêt à bondir sur sa proie s'imposa à son esprit. Si Chad avait volé quoi que ce soit à cet homme, c'était de toute évidence quelque chose de précieux.

Elle avait cependant du mal à croire que Chad ait pu commettre un vol. Certes, il avait eu une adolescence agitée après la mort de leurs parents, mais ce n'était pas un mauvais garçon. Il était intelligent ; *très* intelligent. Raison pour laquelle elle avait travaillé si dur pour lui permettre d'intégrer un parcours universitaire d'excellence, couronné par un diplôme d'ingénieur qui l'avait conduit dans ce pays magnifique et sauvage. Un pays à l'image de l'inconnu face à elle qui lui coupait le souffle dès qu'il posait les yeux sur elle. Comme s'il passait au crible chacune de ses pensées. Comme s'il voyait clair au plus profond d'elle-même. Mais ce qu'elle détestait, c'était la façon dont il faisait réagir son corps d'un simple regard.

Il la dévisageait en ce moment et elle devait faire appel à toute sa volonté pour se concentrer. Pour ignorer les sensations qu'il éveillait en elle. Des sensations folles qui l'étourdissaient.

— Mon frère n'est pas un voleur, déclara-t-elle avec force, s'obligeant à garder les idées claires. Vous faites erreur.

— Je me trompe rarement, mademoiselle James. Montrez-moi votre téléphone.

— Pour quoi faire ?

— Ma patience a des limites. Où est votre téléphone ?

Il se leva du canapé et Regan eut un mouvement de recul. Mais la colère l'emporta sur la peur.

— Dites-moi d'abord qui vous êtes.

Le regard de son visiteur dériva le long de son corps. Un regard scrutateur, ouvertement évaluateur. Un regard qui semblait la disséquer sur place.

— Je suis le roi de Santara. Cheikh Jaeger Salim al-Hadrid.

— Vous êtes le roi ?

Regan se plaqua une main sur la bouche pour étouffer un rire nerveux. Avec sa tenue sombre et ses boots éraflés, l'homme n'avait rien d'un souverain. Il avait plutôt l'air d'un mercenaire.

— Sans blague ! Sérieux, qui êtes…

Elle s'interrompit net, crucifiée par le regard bleu.

— Je suis le roi, répéta-t-il d'une voix glaciale en s'avançant d'un pas.

— C'est bon. C'est bon, marmonna-t-elle en tendant une

main devant elle pour l'empêcher d'approcher davantage. Je vous crois.

S'efforçant d'ignorer la parfaite symétrie des traits du prétendu roi, elle se mit à réfléchir sérieusement à sa survie. De toute évidence, elle avait affaire à un dingue. Peut-être même à un fou dangereux. Et elle était seule face à lui. La peur lui dressa les cheveux sur la nuque. On la disait douée en matière de communication avec les élèves, mais là, il ne s'agissait pas d'un gamin de sept ans récalcitrant.

— Vous croyez que je mens ? demanda-t-il doucement.

— Non. Bien sûr que non, dit-elle très vite pour le rassurer.

— Incroyable, murmura-t-il en secouant la tête.

Elle tâcha d'évaluer discrètement la distance qui la séparait de la porte.

— Trop loin, mademoiselle James, ajouta-t-il, comme s'il lisait dans ses pensées – ce qui n'était sans doute pas très compliqué, compte tenu de la façon dont elle fixait la porte –. Assez joué. Donnez-moi votre téléphone ou je retourne cette chambre jusqu'à ce que je mette la main dessus.

Regan hésita.

— Dans la salle de bains, marmonna-t-elle enfin.

Il fronça les sourcils, l'air dubitatif.

— J'aime bien écouter de la musique quand je prends une douche, précisa-t-elle.

— D'accord. Allez le chercher.

Sur le point de lui faire observer qu'il n'était pas interdit d'ajouter « s'il vous plaît », Regan jugea préférable de faire profil bas. Plus vite elle lui donnerait ce qu'il voulait, plus vite il débarrasserait le plancher. Les jambes en coton, elle se dirigea vers la salle de bains.

Il la suivit et son cœur faillit rater un battement en apercevant dans le miroir le reflet de ses larges épaules derrière elle. Dieu, qu'il était grand ! Pieds nus, elle lui arrivait en dessous du menton.

Leurs regards se croisèrent et, l'espace d'une seconde, l'air sembla grésiller entre eux. Troublée, elle baissa les yeux sur le lavabo et prit son téléphone qu'elle lui tendit. Puis elle croisa les bras sur sa poitrine dans un geste dérisoire de protection.

— Mot de passe ?

— Trudyjack.

— Les prénoms de vos parents ? s'étonna Jaeger avec une moue dédaigneuse. Autant utiliser ABCD.

Paniquée, elle releva les yeux sur lui. Comment connaissait-il les prénoms de ses parents ? Que savait-il d'autre ?

— Bon sang, qui êtes-vous ?

— Je vous l'ai dit, je suis le roi de ce pays.

Regan avala sa salive et se pressa contre le lavabo derrière elle. Était-il possible qu'il dise vrai ? Elle le regarda faire défiler la liste de ses contacts et de ses e-mails.

— Le téléphone de Chad est éteint, dit-elle, incapable de se taire plus longtemps tant le silence la rendait nerveuse. Je le sais parce que j'ai essayé de l'appeler toute la journée et…

— Il n'a pas pris son téléphone.

— Dans ce cas, que cherchez-vous sur le mien ?

— Un numéro de portable prépayé. Un e-mail anonyme. Possède-t-il un autre téléphone ?

Regan fronça les sourcils. Chad ne pouvait vivre sans téléphone. Pour quelle raison n'aurait-il pas emporté le sien ?

— Aucune idée. Et même si je le savais, je ne vous le dirais pas.

Le regard bleu croisa de nouveau le fer avec le sien.

— Ça vous amuse de me provoquer, mademoiselle James ?

La voix, d'une douceur menaçante, la fit tressaillir. Non, ça ne l'amusait pas. Sans attendre sa réponse, le soi-disant roi empocha son téléphone. Elle aurait voulu protester, lui dire qu'il n'avait pas le droit, qu'elle non plus ne pouvait pas vivre sans son téléphone. Mais à ce stade, elle était prête à tout pourvu qu'il s'en aille.

— Satisfait ? demanda-t-elle du bout des lèvres.

— Pas tout à fait.

De nouveau, il l'examina de la tête aux pieds, lui donnant conscience de sa nudité sous le peignoir. Soudain, la chambre sembla se rétrécir, les murs se rapprocher et l'air s'épaissir entre eux.

— Pourquoi êtes-vous venue ici, mademoiselle James ?

Elle déglutit péniblement.

— Je vous l'ai dit. J'étais inquiète pour Chad. D'habitude, il est toujours joignable.

— Vous avez pris le premier vol vers Santara pour cette seule raison ? Parce que vous étiez inquiète pour lui ? Dites-moi, mademoiselle James, vous faites toujours passer votre frère avant tout le reste, ou avez-vous simplement besoin de vous sentir indispensable ?

Ces derniers mots touchèrent Regan au vif, la blessèrent dans son amour-propre ; parce qu'ils contenaient une grande part de vérité. S'occuper de Chad l'avait aidée à surmonter le deuil de leurs parents et l'aidait encore aujourd'hui à combler le vide dans sa vie.

— Vous ne savez rien de moi.

— Et je ne veux rien savoir. Habillez-vous, lança l'homme en quittant la salle de bains.

Regan expira lentement, s'exhortant au calme. Un calme qui n'excéda pas quelques secondes : quand elle regagna la chambre, elle trouva l'inconnu en train d'examiner le contenu de son appareil photo.

— Hé, ne touchez pas à ça !

Elle se précipita sur lui pour récupérer son appareil, qu'il mit aussitôt hors de sa portée en levant le bras.

— Du calme, mademoiselle James. Je ne vais pas l'abîmer. Sauf si vous essayez de l'attraper.

Ostensiblement, il baissa les yeux sur la main de Regan, qui avait atterri sur son épaule. Elle la retira d'un geste vif et posa les poings sur les hanches, furieuse.

— Vous n'avez pas le droit de toucher à mes affaires !

Pour toute réponse, elle n'obtint de lui qu'un regard méprisant, signifiant clairement qu'il avait tous les droits, que cela lui plaise ou non.

— Je m'autorise ce que je veux pour ramener ma sœur à Santara, mademoiselle James. Mettez-vous bien ça dans le crâne.

— Qu'est-ce que votre sœur vient faire là-dedans ?

Lentement, le regard bleu revint se poser sur elle, si limpide, si froid qu'elle avait l'impression de se mirer dans une paroi de glace.

— Votre frère détient ma sœur, la princesse Milena. Et moi, je détiens la sienne à présent.

— C'est insensé.

— Enfin un point sur lequel nous sommes d'accord.

— Vous m'avez mal comprise. C'est vous qui êtes insensé. Si mon frère détenait votre sœur, il me l'aurait dit. Ils sortent ensemble ?

Si c'était le cas, elle était vexée que Chad ne lui en ait pas parlé. Jusqu'à présent, ils avaient toujours tout partagé.

— J'espère bien que non, répondit sèchement Jaeger. Et maintenant, habillez-vous. Vous venez avec moi au palais.

Quoi ? Est-il possible qu'il soit réellement le roi de Santara ?

— Je… Je n'irai nulle part avec vous.

— Dans ce cas, vous resterez ici jusqu'à ce que j'aie retrouvé ma sœur.

— Vous voulez dire que je vais rester enfermée dans cette chambre ?

— La disparition de la princesse Milena ne doit pas s'ébruiter. Or, à déambuler seule dans la ville en posant des questions, vous ne faites qu'attirer l'attention.

— Si c'est ce qui vous inquiète, je ne dirai rien. Promis.

Il y avait une note de désespoir dans sa voix, Regan en était consciente. Mais l'idée d'être prisonnière dans cette chambre pour Dieu seul savait combien de temps était impensable. Elle devait à tout prix retrouver Chad et comprendre ce qui se passait. De préférence avant que ce dingue mette la main sur lui.

— Décidez-vous, lança-t-il. Je n'ai pas toute la nuit.

— Pas question de rester enfermée ici !

— Dans ce cas, habillez-vous. Vous avez cinq minutes.

Dans la tête de Regan, les pensées rebondissaient comme des balles de ping-pong. Épuisée par le voyage, le stress et le manque de sommeil, elle avait du mal à suivre le rythme. Tout allait si vite.

— J'ai besoin de temps pour réfléchir, marmonna-t-elle.

— Je vous ai donné cinq minutes. Il vous en reste quatre.

— Vous n'êtes qu'un despote !

Les jambes écartées, le visage dur, l'homme croisa les bras.

— Décidez-vous vite, mademoiselle James. Soit vous me suivez, soit je vous enferme dans cette chambre sans aucun moyen de communication avec l'extérieur.

Regan tressaillit, consciente qu'elle ferait peut-être mieux de hisser le drapeau blanc.

— Qu'est-ce qui me prouve que vous êtes bien ce que vous prétendez être ? insista-t-elle cependant. Qui me dit que vous n'êtes pas un imposteur ?

— Habillez-vous et vous vérifierez par vous-même.

— Comment ?

Jaeger poussa un soupir impatient.

— Vous poserez la question à la réception. Les employés vous confirmeront mon identité.

Pour la première fois depuis que cet homme avait débarqué dans sa chambre, Regan entrevit une issue de secours. Une fois hors de cette chambre, elle pourrait alerter quelqu'un.

— D'accord, laissez-moi une minute, marmonna-t-elle en sortant de sa valise un jean propre et un chemisier.

Enfermée à double tour dans la salle de bains, elle pensa un instant à ne pas ressortir, mais se ravisa en songeant que le dément de l'autre côté de la porte serait capable d'enfoncer celle-ci. Il avait l'air plutôt… musclé.

Lorsqu'elle rouvrit la porte, il jeta un coup d'œil sur sa montre.

— Trois minutes seulement. Impressionnant.

Espèce de crétin prétentieux, fulmina-t-elle intérieurement en attrapant son sac à main.

Elle lui passa devant et attendit dans le couloir (malheureusement désert) qu'il appelle l'ascenseur.

— Où sont vos gardes du corps ? demanda-t-elle en levant sur lui un regard soupçonneux.

— Je n'en ai pas besoin en dehors des événements officiels.

Un peu trop facile comme explication.

— Mais comment se fait-il que personne ne vous ait reconnu dans le bar ? insista-t-elle. Aucun de vos sujets n'est venu vous faire des courbettes. Bizarre, non ?

— On voit rarement ce à quoi on ne s'attend pas.

Regan fit la moue. Difficile de contrer l'argument. Quand elle l'avait repéré dans le bar, elle n'avait pas imaginé une seconde qu'il puisse être le roi de Santara. Ce qui restait encore à vérifier…

Arrivée dans le hall de l'hôtel, Regan jeta un coup d'œil autour d'elle en quête d'une bonne âme pour la secourir ; mais avant qu'elle ait pu faire un pas dans l'une ou l'autre direction, l'étau des doigts de l'inconnu s'était refermé sur son bras pour la tirer vers la réception.

Le sourire du jeune homme derrière le comptoir s'évanouit en les apercevant.

— C'est… C'est un honneur, balbutia-t-il en courbant la tête avec déférence.

Jaeger lui adressa quelques mots dans la langue locale. Les yeux du réceptionniste s'arrondirent comme des soucoupes. Il lança à Regan un regard affolé.

— Mademoiselle James, Sa Majesté ici présente est bien le roi de Santara, bégaya-t-il, comme s'il avait du mal à croire qu'il puisse dire une chose pareille.

Regan se tourna vers son ravisseur.

— Vous avez très bien pu lui souffler son texte.

Après quoi, s'adressant au réceptionniste, elle reprit :

— Je souhaite signaler…

Elle n'alla pas plus loin car l'homme la saisit de nouveau par le bras et l'entraîna vers le bar de l'hôtel, d'où s'échappait le son d'un piano.

Il s'immobilisa sur le seuil.

La musique se tut, le brouhaha des voix s'estompa, toutes les têtes se tournèrent vers eux. Médusée, Regan vit la foule se lever et s'incliner devant l'homme qui lui tenait le bras. Son cerveau peinait à enregistrer l'évidence : s'il était réellement le roi, alors le reste aussi était vrai. Et Chad était parti avec la princesse Milena…

Les jambes en coton, elle vacilla. Il l'enlaça alors par la taille et la retint contre lui. Instinctivement, elle plaqua une main contre son torse. Sous ses doigts, elle pouvait percevoir le rythme calme des battements de son cœur. La seule chose qu'elle voyait, c'était le bleu de ses yeux, un bleu indigo. Durant quelques secondes, le temps suspendit son cours. Le roi la regardait avec une telle intensité qu'elle était incapable de penser. Elle n'avait qu'une envie : qu'il l'embrasse…

Elle entendit son léger soupir tandis qu'il dévorait ses lèvres des yeux. Et l'espace d'une fraction de seconde, elle crut qu'il allait l'embrasser. Puis son regard s'assombrit et sa main se crispa sur sa hanche.

— Satisfaite ? murmura-t-il.

Regan secoua la tête, chancelante malgré le soutien ferme du bras autour de sa taille. Les oreilles bourdonnantes, elle s'entendit répondre « non » juste avant de faire quelque chose qui ne lui était encore jamais arrivé.

Elle s'évanouit.

3.

Assis à son bureau, Jaeger méditait sur le message vocal reçu de Milena :

Bonjour, Jag. Je me doute que tu t'inquiètes et je suis désolée de ne pouvoir te dire où je suis ni ce que je fais. Mais sache que je vais bien et que je suis avec un ami. Je t'expliquerai tout à mon retour. Je t'aime.

— On sait d'où a été émis le message ?

— Malheureusement, non, répondit Tarik. Sans doute d'un téléphone prépayé avec passage par plusieurs opérateurs pour brouiller les pistes. L'œuvre d'un expert.

Chad James, forcément. Il l'avait recruté justement pour son génie des nouvelles technologies.

Jaeger tourna les yeux vers la vue panoramique sur la ville, soulagé de savoir sa sœur saine et sauve. Bien sûr, il était possible que ce message téléphonique lui ait été dicté, mais elle ne semblait pas parler sous la contrainte. Bien au contraire. Son ton était enjoué. Elle avait l'air heureuse. Il aurait pu s'en réjouir si le souvenir de ce qui s'était passé trois ans plus tôt n'avait justifié ses inquiétudes. Et si sa sœur était partie avec Chad James de son plein gré, cela soulevait aussi bien des questions auxquelles il préférait ne pas trop réfléchir. Des questions du genre : que faisait-elle avec ce garçon qu'elle n'osait lui dire ? Ne voulait-elle plus épouser le prince héritier de Toran ? Était-elle malheureuse à Santara ? Pourquoi n'était-elle pas venue lui parler comme elle le faisait autrefois ?

Jaeger se passa une main nerveuse dans les cheveux. Non, Milena avait forcément été poussée à quitter Santara. C'était la seule explication possible. De la même façon qu'il avait, deux jours plus tôt, contraint Regan James à venir au palais.

Une fois de plus, il se souvint de cet instant où elle avait découvert qui il était réellement, du poids de son corps sur ses bras quand elle avait perdu connaissance. Une chance, car il avait été à deux doigts de céder à la tentation irrésistible de l'embrasser. En public !

Il l'avait aussitôt transportée jusqu'à son 4x4, dans lequel elle avait rapidement retrouvé ses esprits et demandé à regagner sa chambre d'hôtel. Froidement, il lui avait rappelé qu'elle avait accepté d'aller au palais et qu'il n'était plus question de revenir là-dessus.

Conscient de son comportement peu courtois, voire brutal, à l'égard de la jeune femme, Jaeger l'écarta de ses pensées pour s'attaquer à la pile de dossiers attendant sa signature.

— Transmettez ceux-ci à Helen pour corrections. Quant au rapport budgétaire, je n'ai pas fini de le lire. Dites à Ryan que je le lui renverrai dans la soirée.

— Très bien, Majesté.

Son aide de camp hésita, un mouvement extrêmement discret, mais Jaeger connaissait trop bien le vieil homme pour ne pas le noter.

— Un problème, Tarik ? Dites-moi que ça n'a rien à voir avec l'Américaine !

Il avait essayé de dissimuler sa présence au palais, mais elle avait tout fait pour lui mettre des bâtons dans les roues. En tambourinant contre la porte de sa suite. En exigeant qu'il lui rende son téléphone. En demandant qu'il vienne la voir. Ce qu'il ne ferait pas. Sa voix et son parfum restaient déjà gravés dans son esprit. Aller la voir n'arrangerait rien.

— Malheureusement, oui, soupira Tarik. Elle refuse de s'alimenter.

— Depuis quand ?

— Depuis hier matin.

Jaeger serra les poings. Si cette fille s'imaginait pouvoir

faire pression sur lui en faisant la grève de la faim, elle allait vite déchanter. S'exhortant au calme, il se leva.

— À quelle heure lui apporte-t-on son dîner ?

— Il lui a déjà été servi. Elle l'a renvoyé.

— Qu'on apporte le mien dans sa suite.

Comme il s'apprêtait à quitter le bureau, il perçut une nouvelle hésitation chez son aide de camp.

— Rassurez-moi, vous avez gardé une bonne nouvelle pour la fin ?

— Pas vraiment, Majesté, répondit Tarik en lui tendant la copie papier d'une capture d'écran d'un site Internet d'information.

Jaeger découvrit deux photos. La première immortalisait l'instant où Regan avait découvert qui il était : les yeux écarquillés, la bouche entrouverte, sa crinière d'or roux cascadant dans son dos. La deuxième avait été prise juste avant qu'elle s'évanouisse. D'une main, il soutenait sa nuque et d'un bras il lui entourait la taille. Quelques centimètres à peine séparaient leurs bouches. Ses lèvres roses étaient-elles aussi douces qu'elles semblaient l'être ? La peau de son ventre serait-elle aussi douce que celle de sa nuque sous ses doigts ? Serait-elle…

Jaeger inspira profondément, soudain à l'étroit dans son pantalon. Qu'est-ce qui ne tournait pas rond chez lui ?

Tarik s'éclaircit la gorge.

— Par chance, les photos ont été interceptées par nos services et retirées avant que l'article soit diffusé.

Soudain songeur, Jaeger hocha la tête, le regard rivé sur les clichés. Tant qu'à détenir Regan James, autant s'en servir pour débusquer son frère, non ?

— Publiez-les.

— Pardon, Majesté ?

— Transmettez ces photos aux médias et assurez-vous que le nom de Mlle James apparaisse. Ça poussera peut-être son frère à sortir du bois.

Tarik le dévisagea comme s'il voulait protester, mais Jaeger n'était plus d'humeur à écouter. Il avait envie d'un dîner au calme, d'une douche froide et d'une bonne nuit de sommeil. Trois souhaits que son entrevue avec la jeune Américaine allait probablement contrarier.

Regan posa la main sur son estomac qui grondait.

— Les gens survivent plus de quarante-huit heures sans manger, alors, cesse de te plaindre, lui intima-t-elle tout haut.

Cela dit, elle ne mourait pas seulement de faim. Elle était aussi morte d'inquiétude pour Chad, et de frustration car elle était ici à ne rien faire. Absolument rien. Ce qui la rendait folle. Certes, le pavillon dans lequel elle était retenue était somptueux avec ses mosaïques, ses portes en teck délicatement ouvragées et ses fenêtres en ogive s'ouvrant sur un jardin paradisiaque. Mais c'était une cage dorée. En quittant l'hôtel, elle avait quitté une prison pour une autre. Si elle n'avait pas été aussi fatiguée ce soir-là, peut-être aurait-elle pris le temps de réfléchir et de décider autrement. Et surtout, l'idée absurde d'embrasser le roi ne lui serait jamais venue à l'esprit !

Elle poussa un soupir mortifié au souvenir de son corps dur plaqué contre le sien quand il l'avait immobilisée dans la chambre d'hôtel ; au souvenir de son regard étincelant rivé sur son décolleté ; au souvenir de ses bras musclés la soutenant avant qu'elle perde connaissance… *Stop !*

L'homme avait beau être incroyablement attirant, il la retenait prisonnière, et il accusait Chad d'un crime dont il était forcément innocent. Si seulement il voulait bien prendre le temps de l'écouter, il comprendrait que son frère était un garçon incapable de faire du mal à une mouche.

Et si Chad s'était réellement enfui avec la princesse…

Regan se frotta les bras, soudain glacée malgré la douceur du soir. Impossible. Il était trop intelligent pour commettre pareille bêtise.

Un bruit dans son dos la fit tressaillir. Lentement, elle se retourna.

Le roi était là, immobile au milieu du salon, vêtu d'une longue tunique blanche qui mettait en valeur sa peau mate et le bleu magnétique de ses yeux. Il ne portait pas de keffieh et son épaisse chevelure noire était légèrement ébouriffée comme s'il y avait passé les doigts.

— Mademoiselle James.

Sa voix de velours glissa sur la peau de Regan, semant des frissons. Elle s'efforça d'ignorer cette réaction déplacée et s'avança vers lui. Son instinct lui soufflait que le mode offensif était la meilleure protection contre ce genre d'homme.

— Vous avez enfin décidé de vous montrer, attaqua-t-elle d'emblée. Comme c'est gentil de votre part !

Le roi la dévisagea avec un léger sourire.

— Il paraît que vous refusez de vous alimenter.

Regan éprouva une pointe de jubilation.

— C'est exact. Et je continuerai jusqu'à ce que vous me libériez.

Il haussa les épaules, l'air indifférent.

— À vous de voir. Vous n'en mourrez pas.

— Qu'est-ce que vous en savez ?

— Il faut en moyenne trois semaines pour mourir de faim. Vous n'y êtes pas encore.

Sur ce, il frappa dans ses mains. Deux serviteurs apparurent aussitôt avec un chariot chargé de plats, qu'ils disposèrent sur une table installée près d'une des fenêtres. Ils s'inclinèrent ensuite devant leur souverain avant de s'éclipser aussi rapidement qu'ils étaient arrivés.

Regan darda sur Jaeger un regard noir.

— N'allez pas croire que votre truc de frapper dans les mains marchera avec moi, marmonna-t-elle, rageuse. Je ne suis pas l'un de vos larbins.

Se retournant vers elle, il la toisa de la tête aux pieds avec une lenteur désespérante, qui lui fit regretter de ne porter qu'un short et un T-shirt. Si elle avait pu, elle aurait décroché une des tentures murales pour s'envelopper dedans. N'importe quoi pour ne pas se sentir aussi exposée sous le regard acéré de cet homme.

— Il faudrait que je sois d'un optimisme insensé pour croire une chose pareille, ironisa-t-il.

Il se dirigea vers la table, à laquelle il s'assit. Irritée par son air de supériorité, Regan le regarda inspecter le contenu des plats sous cloche.

— Je ne mangerai pas.

Il posa sur elle un regard faussement peiné.

— J'aimerais pourtant que vous gardiez un bon souvenir de votre séjour au palais. J'espérais même que nous pourrions devenir amis.

— Amis ? s'étrangla-t-elle.

— Lier connaissance, si vous préférez.

Elle le regarda avec des yeux ronds.

— Alors là, vous faites preuve d'un optimisme insensé. Pour ma part, la seule chose que j'espère, c'est que vous me libériez.

— Impossible. Je vous l'ai déjà dit, je ferai tout pour ramener ma sœur saine et sauve à Santara.

— Et moi, je ferai tout pour retrouver mon frère sain et sauf.

Jaeger inclina la tête sur le côté, un sourire réticent au coin des lèvres.

— Sur ce point, nous nous comprenons.

— Ce que je comprends, rectifia Regan aussi sec, c'est que vous êtes un tyran, un homme arrogant, têtu comme une mule.

Nullement affecté par l'énoncé de ses défauts, Jaeger se contenta de découvrir les plats, tous plus appétissants les uns que les autres. Et son impassibilité ne fit qu'accroître la colère de Regan, dont l'estomac se remit à protester. Il trempa un morceau de pain dans l'un des plats, puis, sans la quitter des yeux, le porta lentement à sa bouche et se lécha les lèvres.

— C'est grotesque ! s'exclama-t-elle, exaspérée. Vous ne pouvez pas aller dîner ailleurs ?

Il se mit à rire.

— Vous seriez de meilleure humeur l'estomac plein, mademoiselle James. Cette grève de la faim est puérile.

Piquée au vif, elle le crucifia du regard.

— Mon humeur s'améliorera quand vous m'aurez relâchée et que vous cesserez d'accuser mon frère.

Imperturbable, Jaeger prit un autre morceau de pain entre ses doigts, dans un geste ostensiblement provocant. Sur le point d'exploser, Regan songea à lui tourner le dos, puis se ravisa. Elle devait garder la tête froide.

— Votre plan ne marchera pas, dit-elle en s'approchant de la table.

Le regard bleu soudain méfiant soutint le sien.

— Quel plan ?

— Celui de me retenir ici jusqu'à ce que mon frère réapparaisse avec votre sœur.

Regan ne put s'empêcher d'admirer ses pommettes hautes, ses sourcils parfaitement dessinés et sa bouche arrogante, mais si sensuelle. Il était certainement très photogénique, songea-t-elle. Elle l'imagina à cheval, galopant au milieu des dunes dans la lumière dorée du soleil levant. Puis endormi, le corps abandonné au milieu des draps, ses longues jambes musclées…

Elle tressaillit. Seigneur ! Qu'est-ce qu'il lui prenait ?

— Écoutez, j'ai promis de ne rien dire rien à propos de la disparition de votre sœur, reprit-elle en s'efforçant de rester calme. Je peux même vous signer un papier.

— Pourquoi vous croirais-je ?

— Parce que je suis une personne de confiance. Appelez ma patronne, elle vous le confirmera. Je tiens toujours mes engagements.

— Admirable.

— Arrêtez de vous moquer de moi ! s'exclama Regan en agrippant le dossier de la chaise face à lui.

Le parfum de la nourriture faillit lui arracher un gémissement.

— Vous êtes odieux, on vous l'a déjà dit ?

— J'ai entendu pire.

— J'imagine. Oh…

Elle le fusilla du regard, une main crispée sur son estomac qui criait famine.

— Vous le faites exprès, hein ?

— Faire quoi ? demanda-t-il, faussement innocent.

— Manger sous mon nez pour essayer de me faire craquer. Eh bien, ça ne marchera pas !

Regan s'éloigna de la table, décidée à passer le reste de la soirée sur la terrasse jusqu'à ce qu'il parte. Mais elle n'avait pas fait trois pas qu'il la stoppait net en passant un bras autour de sa taille. Avec un cri, mélange de surprise et d'exaspération, elle tenta de se dégager en donnant des coups de poing sur son avant-bras.

— Ne me touchez pas !

Une bouffée de chaleur traîtresse irradiait déjà dans ses reins.

— Alors, arrêtez ce cirque ! répliqua Jaeger en tirant la chaise qu'elle venait de lâcher et en la laissant tomber dessus sans délicatesse.

— Ça vous plaît, hein ? vitupéra Regan. Utiliser votre force physique pour obtenir ce que vous voulez.

Calmement, Jaeger se rassit à table, prit sa fourchette et la pointa sur elle.

— Mangez avant que je m'énerve pour de bon et demande à mon médecin de vous enfiler un tube dans la gorge pour vous gaver.

— Vous n'oseriez pas.

— On parie ? répliqua-t-il avec un sourire narquois.

Son ton indiquait clairement qu'il en était capable, et qu'il pourrait même y trouver un certain plaisir. Elle lui décocha un regard sombre et saisit ses couverts aussi dignement que possible.

— Puisque vous ne voulez pas me laisser partir, autant prendre des forces pour pouvoir m'échapper, marmonna-t-elle.

Elle piqua rageusement une boulette de viande, qu'elle mit dans sa bouche. C'était délicieux ! Elle en prit une autre et ne put retenir un murmure appréciateur. Surprenant le regard bleu rivé sur sa bouche, elle rougit.

— Quoi ? maugréa-t-elle, gênée. C'est bien ce que vous vouliez ?

— Tout à fait.

Cette voix grave et profonde la rendait toute chose. Et cela l'horripilait, aussi résolut-elle de ne pas capituler et de repasser à l'attaque sous un autre angle.

— C'est nul.

Jaeger lui glissa un coup d'œil.

— Le dîner ? Mon chef ne sera pas content.

— Me retenir ici. Cette situation est absurde. Nous sommes au XXIe siècle, et vous avez l'air d'un homme éduqué. Vous êtes certainement au courant qu'en démocratie nul n'a le droit d'imposer sa volonté aux autres quand ça lui chante.

— Moi, je peux, répondit platement Jaeger en empilant de la nourriture sur son assiette. À Santara, c'est le roi qui établit les lois, ce qui me donne carte blanche pour faire ce que je veux, quand je veux. Même au XXIe siècle.

Regan fronça les sourcils.

— Je ne vous crois pas. Il existe forcément des contre-pouvoirs. Une assemblée, un gouvernement.

— Je dispose en effet d'un cabinet qui m'aide à diriger le pays.

— Alors, c'est quoi leur job ? Entériner sans discuter tout ce que vous dites ?

— Pas tout à fait.

— Ils doivent tout de même pouvoir vous ordonner de me laisser partir.

— Pas tout à fait.

Excédée, Regan reposa brusquement ses couverts sur le bord de son assiette.

— Vous faites une grosse erreur. Vous n'avez pas le droit de me retenir ici. Mon frère est innocent.

Jaeger plissa les yeux.

— Nous en avons déjà discuté. Mangez.

— Je ne peux pas. Cette conversation me coupe l'appétit.

— Dans ce cas, cessez de parler.

— Vous êtes insupportable ! Qu'est-ce qui vous fait croire que Chad a enlevé votre sœur ? Ce n'est pas un voyou.

— C'est vous qui le dites. Il a volé une voiture à seize ans et piraté des sujets d'examen l'année suivante.

— Dans les deux cas, les charges ont été abandonnées, protesta Regan. Au fait, comment avez-vous obtenu ces renseignements ? Les dossiers de mineurs ne sont pas consultables.

Jaeger lui lança un coup d'œil qui lui fit lever les yeux au ciel.

— C'est vrai, j'oubliais… Vous avez tous les droits.

Elle inspira profondément pour se calmer, avant de préciser :

— Concernant le vol de voiture, Chad traînait à l'époque avec les mauvaises personnes. Et pour ce qui est du piratage des sujets d'examen, il l'a fait pour les revendre dans le seul but de m'aider financièrement. La chaudière avait rendu l'âme au début de l'hiver et nous n'avions pas de quoi la remplacer. Chad n'a jamais eu besoin de pirater des sujets d'examen pour réussir. Il était toujours en tête de classe. Quoi qu'il en soit, c'est moins grave que de kidnapper quelqu'un.

— Dans votre cas, kidnapper est un bien grand mot, mademoiselle James. Vous êtes venue à Santara de votre plein gré. À présent, vous y êtes retenue parce que vous représentez une menace pour la sécurité de la princesse Milena.

— Je n'ai rien à voir avec sa disparition.

— Vous non, mais votre frère, si, souligna posément Jaeger. Et comme vous venez de me le confirmer, il n'est pas un ange. Il a déjà commis des délits.

— Il était jeune et il traversait une période difficile. Ça ne fait pas de lui un criminel.

— Pourquoi traversait-il une période difficile ?

— Vous qui êtes au courant de tout, vous devriez le savoir, non ? marmonna Regan.

Jaeger lui tendit un petit pain chaud.

— Je sais que vos parents ont tous deux été emportés par un cancer à quelques mois d'intervalle. C'est la raison ?

— Oui, murmura Regan, la gorge soudain serrée par le chagrin, toujours aussi vif malgré les années. Chad avait quatorze ans. Il était révolté. Il en voulait au monde entier.

— Je comprends. Qui s'est occupé de vous ?

Regan redressa le menton.

— J'avais dix-huit ans. J'ai renoncé à mes études de photographie pour travailler et subvenir à nos besoins.

— Vous n'aviez pas de famille ?

— Nos grands-parents vivaient à l'autre bout des États-Unis. Ils avaient de la place seulement pour Chad, et nous ne voulions pas être séparés.

Jaeger la contempla de longues secondes.

— J'ai perdu mon père dans un accident d'hélicoptère quand j'avais dix-neuf ans, dit-il d'une voix lointaine.

— Oh ! je suis désolée, murmura Regan, touchée malgré elle par cette confidence.

— Je faisais mes études aux États-Unis quand c'est arrivé. Je suis aussitôt rentré à Santara pour lui succéder.

— Vous avez été couronné roi à dix-neuf ans ? Mais c'est affreusement jeune !

— Ce n'était pas un problème. Je suis né et j'ai été élevé pour diriger ce pays.

Regan le dévisagea, incrédule. Avoir la responsabilité d'un frère, c'était déjà dur, alors quand il s'agissait de tout un peuple…

Jaeger lui servit une galette.

— Goûtez, je crois que ça vous plaira.

Elle croqua dedans et savoura un délicieux mélange d'herbes et d'épices.

— Quel âge avait votre sœur à la mort de votre père ?

— Milena avait neuf ans.

Il prit un morceau de pain, qu'il trempa dans une sauce brune avant de le lui tendre.

— Vous aimez ?

— Délicieux, marmonna Regan.

Elle lécha une goutte de sauce au coin de sa bouche. Elle réalisa soudain qu'il était en train de lui donner la becquée comme à un enfant.

— Pourquoi faites-vous cela ?

Leurs regards s'accrochèrent.

— Parce que ça me plaît.

*
* *

Regan eut soudain du mal à respirer. Le tour très personnel pris par leur conversation la troublait.

— Écoutez, je ne peux pas rester ici.

Non seulement parce qu'elle devait retrouver Chad, mais aussi parce que cet homme éveillait en elle des émotions nouvelles et qu'elle ne savait comment réagir.

— Mon frère n'a rien fait de mal, insista-t-elle. Vous n'avez aucune preuve contre lui.

Le visage de Jaeger se ferma.

— Ce sujet est clos, mademoiselle James.

— Dites-moi d'abord ce qui vous fait croire qu'il a enlevé votre sœur.

— Je ne crois pas, je suis certain. Nous avons des images de vidéosurveillance les montrant ensemble. Par ailleurs, Milena m'informe dans un message vocal qu'elle est en compagnie d'un ami.

Regan le regarda avec des yeux ronds.

— On ne dirait pas qu'elle a été enlevée contre sa volonté.

— Ma sœur est promise en mariage au prince héritier de Toran. Elle n'aurait pas compromis cette union si elle n'y avait pas été contrainte d'une façon ou d'une autre.

— Peut-être ne veut-elle plus de ce mariage.

Un muscle se crispa sur la mâchoire du roi.

— Milena a accepté. C'est une femme de devoir qui ne fuit pas ses responsabilités. Jamais.

Se marier par devoir ferait réfléchir à deux fois n'importe quelle femme, songea Regan.

— Est-elle amoureuse de son futur époux ?

— L'amour n'entre pas en ligne de compte dans un mariage royal.

— Si je comprends bien, elle n'est pas amoureuse, commenta Regan.

Pour elle, l'amour était essentiel dans un mariage, royal ou non.

— Comprenez ce que vous voulez, mademoiselle James. L'amour est un concept affectif qui n'a pas sa place dans l'alliance entre deux grandes maisons.

— Une *alliance* ? À vous entendre, on croirait qu'il s'agit d'un contrat d'affaires.

— On peut le voir ainsi.

— Mais c'est horrible ! Que faites-vous des sentiments ? Du respect mutuel ? Qu'en est-il de l'amour ?

Le dernier mot avait franchi ses lèvres malgré elle.

— Les sentiments naissent parfois plus tard, observa Jaeger, imperturbable. Une fois le mariage consommé.

Regan vit son regard bleu se poser sur sa bouche. Ses joues s'empourprèrent, mais elle ne désarma pas pour autant.

— À condition que les époux puissent s'entendre ! Que se passera-t-il si votre sœur n'a pas d'atomes crochus avec ce prince auquel vous la destinez ? Personnellement, je préférerais choisir mon mari moi-même.

— Sur quels critères ? L'argent ? Le pouvoir ? La position sociale ? Le titre ?

Regan éprouva pour lui un petit pincement au cœur. Sans doute avait-il croisé son lot de femmes intéressées. Mais ce n'était pas une raison pour mettre toutes les femmes dans le même panier.

— Quel cynisme ! Ces critères ne sont pas pour moi des priorités.

— Laissez-moi deviner, *American Lady.* Je parie que c'est la gentillesse, le sens de l'humour et quelqu'un qui vous aimera toute la vie pour ce que vous êtes.

Il avait tapé dans le mille. Regan se troubla quand il se mit à rire.

— Je ne vois pas ce qu'il y a de drôle. C'est ce que recherchent toutes les femmes.

— C'est ce qu'elles *disent* rechercher. Mais ces critères-là ne font pas le poids face à l'argent et au pouvoir.

— Je dirais plutôt que ce sont les femmes que vous fréquentez qui ne font pas le poids. Vous devriez revoir votre niveau d'exigence à la hausse.

— Quand je me marierai, mademoiselle James, ce ne sera pas pour la gentillesse, l'amour ou l'humour.

— J'en suis certaine. Votre mariage n'aura rien d'amusant. Ni rien d'une histoire d'amour.

Jaeger pinça les lèvres.

— Je n'ai pas besoin d'amour.

— Tout le monde a besoin d'amour. Croyez-moi, je vois suffisamment d'enfants mal aimés dans mon métier pour savoir combien c'est important.

— L'amour des parents pour leur enfant, oui. Mais dans un mariage entre adultes, ce n'est pas essentiel.

— Faux. Mes parents se sont mariés par amour et ils sont restés fous amoureux l'un de l'autre jusqu'à ce que la maladie les emporte.

— Pas étonnant que vous ayez une vision si idyllique du mariage.

Regan dévisagea son compagnon en se demandant d'où venait sa vision si cynique du mariage.

— Et vos parents ? demanda-t-elle. Étaient-ils heureux ensemble ?

— Leur mariage était une alliance.

— Je ne vous demande pas pour quelle raison ils se sont mariés, je vous demande s'ils formaient un couple heureux.

Jaeger ne répondit pas. Il se leva et se planta devant la fenêtre, le regard fixé sur le ciel qui s'assombrissait. Parfaitement immobile, le visage impassible, il resta silencieux de longues secondes avant de se retourner.

— Que mes parents aient été heureux ou non n'est pas le sujet. Mais si vous tenez à le savoir, non, ils n'étaient pas heureux. Ils se voyaient rarement. Ma mère partageait sa vie entre Genève et Paris. Mon père avait un royaume à diriger. Il a fait son devoir. Comme le fera Milena. Et comme je le ferai.

Une fois de plus, Regan éprouva pour lui un pincement au cœur en songeant qu'il n'avait sans doute pas eu une enfance très heureuse.

— Votre sœur aspire peut-être à une autre vie. Elle et mon frère sont peut-être amoureux. Vous y avez pensé ?

Si la crispation de la mâchoire du roi était un indice, alors, oui, il y avait pensé. Et pas de gaieté de cœur.

— Je ne l'espère pas pour eux.

— Pourquoi pas ? Imaginez qu'ils souhaitent se marier.

Et s'ils s'étaient déjà mariés en douce ? s'inquiéta soudain Regan. Cet homme serait capable d'étriper Chad. Ce que vint confirmer la lueur féroce dans le regard bleu polaire.

— Milena est fiancée au prince héritier de Toran. Leurs fiançailles ne peuvent pas être rompues. Et ne le seront pas.

Regan secoua la tête. Seigneur, dans quel monde se retrouvait-elle ?

— Dites-moi, vous vous inquiétez de sa disparition parce que vous vous faites du souci pour sa sécurité ou bien parce qu'elle risque de bousiller votre précieux projet d'alliance ?

— Mettriez-vous en doute mon affection pour ma sœur, mademoiselle James ? s'enquit Jaeger avec une douceur dangereuse.

— Non. Mais je ne vois pas ce que vous pourriez faire si elle et Chad sont véritablement amoureux. Vous n'allez tout de même pas punir mon frère pour ça. Être amoureux n'est pas un crime. Même à Santara.

Jaeger esquissa un sourire cruel.

— Vous ne connaissez pas mon pays.

S'avançant vers elle, il se pencha sur sa chaise, l'emprisonna entre ses mains posées de chaque côté sur les accoudoirs. Le cœur de Regan fit un bond dans sa poitrine, si violent qu'elle se demanda s'il l'avait entendu.

— Je peux faire exécuter votre frère pour avoir simplement osé poser les yeux sur ma sœur, asséna-t-il froidement.

Elle soutint son regard.

— Vous ne le ferez pas.

— Vous n'avez pas idée de ce dont je suis capable, répliqua doucement Jaeger avec un sourire sinistre, en laissant son regard dériver sur son corps.

Regan retint son souffle. Il était si près que son parfum l'étourdissait. Elle aurait voulu lui dire qu'elle se fichait de ce dont il était capable, mais ni son cerveau ni son corps ne semblaient en état de fonctionner normalement.

— Naturellement, nous n'en sommes pas encore là, reprit Jaeger. Si vous et votre frère êtes si proches que vous le prétendez, il ne devrait pas tarder à revenir en courant.

Sur ce, il se redressa et s'écarta, permettant enfin à Regan de prendre une bouffée d'oxygène salutaire.

— Bonne nuit, mademoiselle James. J'espère que le dîner vous a plu.

Chamboulée tout à la fois par la trop grande proximité de Jaeger et l'inexplicable sensation de manque provoquée par son départ soudain, Regan courut après lui. Sans se soucier du protocole, elle l'attrapa par la manche de sa tunique.

— Attendez une seconde ! Que voulez-vous dire ? Pourquoi mon frère va-t-il revenir en courant ?

— À cause des photos que j'ai fait diffuser.

— Quelles photos ?

Le regard bleu étincelant plongea dans le sien.

— Celles prises dans le hall de l'hôtel. Quand vous vous êtes évanouie dans mes bras.

— Quoi ? Vous vous servez de moi comme appât ! s'écria-t-elle, sidérée.

— Plutôt comme d'une assurance, rectifia Jaeger avec un sourire suffisant. Quand votre frère les découvrira, j'espère que ce lien fraternel que vous évoquez de façon si émouvante le fera sortir du bois.

— Vous… Vous êtes horrible ! s'étrangla Regan, indignée. Je comprends que votre sœur ait pris la fuite. Vous voulez la marier à un gars sans doute aussi odieux que vous et parce qu'elle refuse, vous voulez faire porter le chapeau à mon frère.

— Votre frère a trahi ma confiance. Il paiera pour ça.

Elle le dévisagea avec une grimace écœurée.

— Vous êtes d'une cruauté sans nom !

Posant les poings sur les hanches, elle le fixa sans ciller.

— Vous n'avez pas le droit de me retenir ici. Si je raconte cette histoire au consulat américain, vous deviendrez un paria aux yeux du monde entier.

Le regard que Jaeger lui lança était froid et inflexible. Il n'y avait pas une once de compassion sur son beau visage.

— Vous me menacez, mademoiselle James ? Savez-vous que c'est un crime de lèse-majesté ?

Rejetant ses cheveux en arrière, elle redressa le menton.

— Vous frapper aussi est probablement un crime de lèse-majesté. Mais soyez certain que si j'avais une batte de base-ball sous la main, cheikh Hadrid ou roi Jaeger, peu importe votre titre, je vous assommerais volontiers.

Voyant ses narines frémir, elle réalisa qu'ils étaient très près. Un pas de plus et ils seraient collés l'un à l'autre. Sa conscience lui soufflait de reculer, mais une fois de plus son cerveau et son corps prenaient des trajectoires divergentes.

— Le titre officiel, c'est Votre Majesté, dit-il doucement. Sauf au lit, bien sûr. Là, vous pouvez m'appeler Jaeger. Ou Jag.

Bon sang, pourquoi disait-il ça ? Et pourquoi la regardait-il comme s'il voulait la dévorer ? Comme s'il mourait d'envie de l'embrasser autant qu'elle en mourait d'envie ?

Ne fais pas l'idiote, Regan ! Recule. Recule avant qu'il soit trop tard. Au lieu de ça, elle pointa sur son torse un index agressif.

— Ce qui n'arrivera jamais. Je vous déteste. Si je couche avec vous, ce sera dans vos rêves !

— Ah bon ?

Jaeger saisit son index, le porta à sa bouche et, lentement, le fit aller et venir sur sa lèvre inférieure. Regan en perdit la respiration. Son cœur se mit à tambouriner ; chaque battement affolait son esprit, consumait le peu de bon sens qu'il lui restait.

— Ne faites pas ça, supplia-t-elle d'une voix rauque.

— Cessez de vous mentir, *American Lady.* Vous ne me détestez pas. Loin de là.

4.

Le lendemain matin, Regan était toujours aussi remontée contre l'autoritarisme du roi. Il se croyait tout permis : emprisonnement, ruse, domination sexuelle par-dessus le marché ! « Vous ne me détestez pas. Loin de là. » Eh bien, si, elle le détestait ! Il était despotique, arrogant ; il était… Le souvenir de son souffle sur son doigt la fit frissonner. Il était incroyablement sexy !

Bon sang, pourquoi lui faisait-il tant d'effet ? Sans doute le stress. Le décalage horaire. Un désordre hormonal.

Si seulement il avait été un homme rationnel, ouvert à la discussion. Mais non ! Il avait décidé que Chad était coupable et il était impossible de lui faire entendre raison. Par conséquent, elle devait trouver un moyen de s'enfuir, ou de faire savoir à Chad qu'elle allait bien et qu'il ne devait surtout pas s'inquiéter. Elle tremblait à l'idée que son frère puisse tomber dans le piège tendu par ce maudit roi.

Elle balaya du regard les hauts murs d'enceinte du palais – infranchissables. Aucun espoir non plus du côté de l'entrée du pavillon. La porte était verrouillée de l'extérieur. Sauf lorsque la femme de chambre venait remettre de l'ordre, comme elle était justement en train de le faire. Mais un garde était alors posté derrière la porte. Regan le savait parce que la veille elle avait tenté de se faufiler dehors en douce et s'était retrouvée nez à nez avec un soldat au regard implacable.

Frustrée, elle tourna le dos aux jardins. Sa photo dans les bras du roi était certainement déjà diffusée. Ne restait plus qu'à prier pour que Chad ne la voie pas. Bon sang, qu'est-ce qui lui avait pris de se sauver avec la princesse ? Avait-il une liaison avec elle ? Le roi avait-il réellement le pouvoir d'ordonner son exécution ? Et surtout, le ferait-il ? Sous son air impitoyable, quelque chose lui disait qu'il n'était pas aussi mauvais qu'il voulait bien le laisser croire. Psychorigide, obtus, oui ; cruel… peut-être pas.

Son attention fut attirée par la femme de chambre, qui entrait quelque chose sur sa tablette tactile. Puis l'employée, qui n'avait guère plus de vingt ans, saisit son plumeau. Regan se demandait bien pourquoi, d'ailleurs, puisqu'il n'y avait pas un brin de poussière. Elle avait l'air gentille, mais quand Regan avait essayé de lui expliquer qu'elle n'était pas une invitée du roi et qu'elle devait quitter le palais dans les plus brefs délais, la jeune femme lui avait répondu par un sourire gêné en vantant les qualités de son souverain dans un anglais approximatif. Il n'y avait pas d'aide à attendre de ce côté-là.

Mais si ce satané Jaeger s'imaginait qu'elle allait rester tranquillement assise à attendre qu'il capture son frère, il se faisait des illusions. À la première occasion, elle contacterait l'ambassade américaine et demanderait qu'ils… Qu'ils fassent quoi, au juste ? Mettent en place un embargo économique sur Santara ? Interdisent le tourisme dans le royaume ? À coup sûr, Jaeger s'en ficherait comme de l'an quarante.

Agacée, elle regarda la femme de chambre disparaître dans la salle de bains et se mit à tourner en rond dans la pièce comme une lionne en cage. Lorsqu'elle passa devant le chariot de produits ménagers, elle s'arrêta net. L'employée avait laissé sa tablette posée dessus.

Le cœur battant, Regan s'en saisit et poussa un soupir de soulagement en constatant qu'elle n'était pas verrouillée par un mot de passe. Sans perdre une seconde, elle se connecta à Internet. Comment faire passer le message à Chad de ne pas s'inquiéter pour elle ? Réfléchissant à toute vitesse, elle ouvrit sa page Facebook et courut s'asseoir sur une chaise longue installée sur la terrasse. Rapidement, elle déboutonna son chemisier de façon à avoir l'air en bikini. Les doigts tremblants, elle orienta la tablette, plaqua un sourire sur ses lèvres, prit un selfie avec les jardins en arrière-plan et y accola une légende : « Agréable séjour chez le roi. Jag est un hôte absolument charmant ! »

Elle cliqua sur « envoyer ». Cette page était un moyen de partager un peu de sa vie de tous les jours avec Chad, même à distance. Ne restait plus qu'à espérer qu'il la consulterait, verrait la photo et se demanderait seulement ce qu'elle fabriquait chez le roi de Santara.

Dopée par la satisfaction d'être plus futée que Sa Majesté Je-Sais-Tout, Regan s'apprêtait à écrire un message privé destiné uniquement à son frère quand le bruit dans la salle de bains cessa. Elle ferma rapidement sa page Facebook et courut reposer la tablette sur le chariot. Tremblante, elle fit un effort pour calmer sa respiration quand la femme de chambre revint dans la pièce. Elle répondit à son sourire timide et la regarda sortir avec son chariot.

Un frisson descendit le long de sa colonne vertébrale. Elle avait réussi à déjouer la surveillance du roi. Même s'il le découvrait, il ne pourrait rien y faire. Que ça lui plaise ou non, cet homme n'était pas le maître du monde.

Jaeger cogna si fort que son adversaire faillit tomber à la renverse.

Tu n'aurais pas dû retourner la voir. Tu n'aurais pas dû discuter avec elle. Et tu n'aurais surtout pas dû porter ses doigts à tes lèvres.

— Soit je suis en mauvaise forme, soit c'est vous qui êtes au top, patron, dit Zumar avec une grimance, en frottant sa mâchoire. J'ai de la chance si je sors du ring sur mes deux jambes.

Jaeger fit rouler ses épaules en attendant que le chef cuisinier du palais reprenne la position de combat.

Bâti comme un char d'assaut avec son mètre quatre-vingt-dix et ses cent kilos de muscles, le Nigérien avait été autrefois ceinture noire de karaté et champion de kickboxing, avant qu'une blessure l'écarte des compétitions pour l'entraîner dans des combats de rue. Un soir, Jaeger l'avait aidé à sortir d'une bagarre à cinq contre un. Il lui avait ensuite offert une seconde chance, et c'est ainsi que Zumar régnait aujourd'hui sur les cuisines royales. Cuisinier de génie, il aurait pu ouvrir un restaurant de luxe, glaner trois étoiles au guide Michelin, mais il avait choisi de rester fidèle à celui qui lui avait tendu la main.

— Arrête de te plaindre, grommela Jaeger. Ce n'est pas ma faute si tu as un faible pour la pâtisserie.

— Un faible ? dit Zumar en riant. Amenez-vous, patron.

Ce que fit Jaeger. Il défoula son énergie et sa frustration sur le ring plutôt que sur la femme qui occupait le pavillon à l'autre bout du palais.

La veille au soir, il avait encore été à deux doigts de l'embrasser. Pour un champion du self-control, il était pathétique de constater qu'un seul regard sur cette fille en short avait failli lui faire perdre la tête.

Il avait aussi eu droit à son beau discours sur l'amour et le bonheur. Comme si c'était ça qui motivait son existence ! Ce qui le motivait, c'était la réussite et le pouvoir, faire prospérer son pays. Et tant pis si ça faisait de lui un tyran arrogant, têtu comme une mule, comme Regan James le pensait.

Le poing de Zumar sur sa pommette droite le fit vaciller.

— Simple coup de chance, marmonna-t-il en voyant l'expression extatique de son chef.

— D'accord, patron, ricana celui-ci en relevant les poings.

Jaeger esquiva l'uppercut et mit son adversaire à terre d'un balayage aux jambes.

— Vous apprenez vite, gémit Zumar. Je réclame l'arrêt du combat.

— Pas question. Je n'ai pas terminé.

— Vous tenez à préparer votre dîner tout seul, patron ?

Jaeger remit le Nigérien sur pied et regarda si l'un de ses officiers voulait bien se porter volontaire pour l'aider à évacuer la pression.

Regan James pourrait t'aider, lui souffla sournoisement sa libido. *Mais ce serait très différent d'un match de boxe…*

Chassant cette pensée importune, Jaeger tenta de croiser le regard d'un de ses hommes. Malheureusement, tous détournaient les yeux, comme s'ils avaient compris que leur souverain n'était pas lui-même, aujourd'hui.

— Qu'est-ce qui ne va pas, patron ? demanda Zumar en saisissant une serviette pour éponger la sueur sur son front. C'est cette histoire de sommet mondial qui vous tracasse ?

— Pas du tout.

— Alors, c'est une femme.

— Une femme ? répéta Jaeger, le front plissé, en retirant ses gants. Qu'est-ce qui te fait dire ça ?

— Quand un homme est aussi survolté que vous, il y a généralement une femme là-dessous, observa le Nigérien avec un sourire entendu. Difficile d'y échapper, hein ? Le cœur a ses raisons que la raison ne connaît point.

— Le cœur ? ricana Jaeger.

« Et vos parents ? Ils étaient heureux ensemble ? » La question de Regan avait réveillé de mauvais souvenirs. Comment avait-il pu laisser leur conversation dériver sur ce terrain ? Il ne parlait jamais de ses parents : ni de la disparition brutale de son père, ni de sa mère, qui avait choisi de vivre loin de ses enfants. Il n'avait pas pleuré la mort de son père. Il l'avait respecté, mais il n'avait pas vraiment connu l'homme autrement qu'en sa qualité de souverain. Pas plus qu'il ne connaissait sa mère. Elle ne lui avait jamais témoigné d'affection. C'était ainsi et il n'avait eu d'autre choix que d'accepter et de garder la tête haute comme le devait un futur roi.

Quelque chose dans sa poitrine se contracta. Regan James ne savait pas de quoi elle parlait avec sa vision idyllique de la vie. Elle ne savait pas ce qu'étaient le devoir et les responsabilités. Elle n'avait jamais… Jaeger fronça les sourcils. En fait, si, elle savait ce que c'était. Et elle était pourtant confiante en la nature humaine, persuadée que les gens se comportaient toujours comme ils le devaient.

Quelle naïveté sentimentale !

Oui, il allait rester de son côté du palais et elle, de l'autre. Parce que, dès qu'il s'approchait d'elle, elle réussissait à saper sa logique et son bon sens. De toute façon, il n'avait aucune raison de la revoir. Elle n'était qu'un moyen pour arriver à ses fins. Une fois qu'il aurait obtenu ce qu'il voulait, leurs chemins se sépareraient et c'était tant mieux.

— Merci, Zumar.

— Merci pour quoi ?

— Pour m'avoir aidé à y voir clair.

Le colosse nigérien fit craquer sa mâchoire.

— La prochaine fois, j'aimerais autant que vous ayez vu clair avant que nous montions sur le ring.

Jaeger éclata de rire. Il se sentait mieux. De retour aux commandes. De nouveau maître de la situation.

Tarik fit irruption dans ses appartements, l'air soucieux. Jaeger, qui sortait de la douche, cessa aussitôt de siffloter.

— Milena ? demanda-t-il.

— Non. Toujours rien de nouveau à propos de votre sœur, Majesté.

Jaeger enfila une chemise.

— Dans ce cas, il s'agit probablement de Mlle James. Il suffit de voir votre tête. Ne la laissez pas vous perturber. Elle produit cet effet sur tous ceux qui croisent son chemin.

— Il s'agit bien d'elle, en effet, dit son aide de camp.

— Qu'est-ce qu'elle a encore fabriqué ? Elle a utilisé les draps de lit pour escalader les murs d'enceinte du palais ? Embauché un tueur à gages pour m'éliminer ?

— Elle a posté sur Internet une photo d'elle au palais.

— Elle a fait quoi ? s'exclama Jaeger.

Tarik lui présenta l'écran d'une tablette. Incrédule, Jaeger contempla la photo qui dévoilait la ravissante poitrine de Regan dans un soutien-gorge turquoise.

Il jura.

— Elle l'a postée sur sa page Facebook, précisa Tarik.

Jaeger se figea.

— Elle n'a pourtant ni téléphone, ni PC, ni tablette.

— En effet. Mais elle a réussi à y avoir accès pour poster ce message. Il y a deux heures.

— Elle a réussi à y avoir accès ? répéta lentement Jaeger. Comment ?

— La sécurité y travaille. On le saura bientôt.

— Retirez ce *post* avant que quelqu'un tombe dessus.

Chad James par exemple, destinataire probable du message de cette femme exaspérante.

— C'est fait, dit Tarik, une note désolée dans la voix. Malheureusement, il a déjà été vu.

Jaeger se raidit. Il appréhendait la suite.

— Par qui ?

— Il a été partagé sur plusieurs réseaux sociaux. Six millions de vues, Majesté.

— Comment est-ce possible, en si peu de temps ?

— Le monde entier a les yeux tournés vers Santara à l'approche du sommet international. Il y a aussi l'annonce prochaine de vos fiançailles avec la princesse Alexa.

Les doigts de Jaeger s'immobilisèrent sur les boutons de sa chemise. Cette histoire de fiançailles lui était complètement sortie de la tête.

— À ce propos, reprit Tarik. Je viens d'avoir le roi Ronan au téléphone. Il est furieux, car il semble que vous receviez une maîtresse, ce sont ses propres mots, après avoir accepté d'épouser sa fille. Il menace de boycotter le sommet.

Jaeger dévisagea son aide de camp. Pour la première fois de sa vie, il avait l'impression que son cerveau barbotait péniblement pour suivre ce qui se passait. Aussi charmante que soit la princesse Alexa, il n'éprouvait aucun désir pour elle. S'il avait envisagé de l'épouser – juste *envisagé* –, c'était uniquement pour raison d'État. Ils étaient issus du même monde, et pour le peu qu'il savait d'elle, c'était une jeune femme élégante et bien élevée, sensée et pragmatique tout comme lui. La parfaite épouse pour un dirigeant. Ce mariage renforcerait également les liens avec Berenia, le pays voisin de Santara.

— Mlle James n'est pas ma maîtresse. Et je n'ai pas officiellement accepté d'épouser la princesse Alexa.

— Je sais, Majesté, mais le roi Ronan fait comme si.

— Pour faire pression sur moi. Cet homme est un manipulateur.

— Certes, mais si vous ne le calmez pas, il n'autorisera

pas sa fille à remplacer la princesse Milena à vos côtés lors du sommet. Or vous savez combien il est important, du point de vue diplomatique, que vous soyez accompagné.

Jaeger le savait, oui. Cela dit, il avait un problème plus urgent à régler. Il passa une main dans ses cheveux encore humides. Il aurait dû être fou de rage contre Regan James pour le sale tour qu'elle venait de lui jouer – et il l'était –, mais il ne pouvait lui reprocher son ingéniosité. Il pourrait même l'admirer si elle ne lui causait pas tant de problèmes.

— Le roi Ronan tient à vous parler en personne, Majesté.

— Passez-le-moi sur ma ligne privée.

— Bien, Majesté, opina Tarik. Et concernant Mlle James ?

— Je m'en occupe.

Il l'étranglerait dès qu'il aurait amadoué le versatile souverain de Berenia et décidé d'épouser ou non sa fille. Lorsque Tarik sortit, son cerveau était passé de la léthargie à l'état d'alerte maximale.

Il attrapa son téléphone, qui vibrait déjà, et le colla à son oreille.

— Roi Ronan, dit-il d'une voix apaisante, je crois que nous avons un souci.

5.

— Restez tranquilles une seconde, murmura Regan, l'œil rivé au viseur de son appareil photo.

Le déclic de l'obturateur résonna pour immortaliser la parade amoureuse d'un couple de perruches vertes.

Elle vérifia sur l'écran la qualité du cliché et sourit, satisfaite du résultat. La lumière était magnifique à Santara, exaltant les nuances dorées des sables du désert, cet espace immense au-delà des remparts qu'elle rêvait d'explorer.

Dans son dos, la porte d'entrée du pavillon heurta violemment le mur. Regan se retourna et battit des paupières en apercevant le roi campé au milieu de la pièce, vêtu d'un jean et d'une chemise blanche déboutonnée.

Incapable de résister, Regan laissa son regard descendre le long de l'étroite bande de peau dorée du torse jusqu'aux abdominaux parfaitement dessinés qui disparaissaient sous la ceinture du pantalon. La bouche sèche, elle poursuivit son examen plus bas.

— Vous avez oublié vos chaussures, dit-elle, mortifiée de constater qu'elle trouvait sexy même la vue des pieds nus de Jaeger.

Il claqua la porte derrière lui.

— Et votre sens de l'humour aussi, ajouta-t-elle, soucieuse d'alléger l'atmosphère et de cesser de faire une fixation sur le corps de cet homme.

— Si j'étais vous, je m'inquiéterais au lieu de faire de l'esprit, répliqua Jaeger, menaçant.

Elle s'inquiétait en effet. Elle s'inquiétait des pensées indécentes qui lui traversaient l'esprit dès qu'elle voyait cet homme.

— À propos de quoi ? demanda-t-elle, décidée à ne pas se laisser intimider par son humeur de chien.

Il n'avait tout de même pas pu découvrir son *post* si vite. À moins que la pièce soit équipée de caméras de surveillance. Elle jeta un discret coup d'œil au plafond. Rien de ce côté-là, Dieu merci !

— Comment avez-vous fait ? demanda-t-il de cette voix un peu trop douce qui n'augurait rien de bon.

Zut ! Il sait.

— Fait quoi ?

— Ne me prenez pas pour un imbécile. Comment avez-vous eu accès à Internet ?

— Oh ! ça…

L'air de rien, Regan s'avança dans la pièce, jusqu'à ce qu'elle soit protégée par le canapé entre eux. Jaeger n'avait pas la mine d'un homme sur le point de la frapper, et les deux fois où il l'avait immobilisée, elle avait senti qu'il retenait sa force physique pour ne pas lui faire mal ; toutefois, mieux valait rester prudente. S'il laissait exploser sa colère, elle craignait que l'éruption du Vésuve ne soit rien en comparaison.

— Oui, *ça.*

Il s'avança vers elle avec la lenteur du félin prêt à se jeter sur sa proie. Ses abdominaux se contractaient à chaque pas. Regan déglutit, le cœur battant d'excitation. *D'excitation ? Ma parole, tu es folle à lier, ma fille ! Il a l'air de vouloir t'étrangler !*

Il s'immobilisa devant le canapé – un rempart bien dérisoire, songea-t-elle, inquiète. Même la Grande Muraille de Chine ne suffirait pas à empêcher cet homme de l'attraper.

— Eh bien, oui, je suis allée sur Internet, reconnut-elle, faussement désinvolte. Mais je n'ai rien écrit de négatif. J'ai même précisé que je vous trouvais charmant. Par pure politesse, naturellement. N'allez pas vous faire des idées.

— Cessez de faire la maligne ! Ce que vous avez fait est très grave.

Regan redressa le menton, refusant de se laisser impressionner.

— Je vois. Vous m'en voulez d'avoir contrecarré votre plan visant à affoler mon frère pour qu'il vienne se jeter dans vos griffes. Au fait, comment vous êtes-vous débrouillé pour découvrir mon *post* aussi vite ? S'il y a des caméras dans cette pièce, c'est plutôt pervers.

Jaeger se contint pour ne pas exploser.

— Il n'y a pas de caméra, mais je vais y réfléchir. Quant à votre *post*, il n'est pas passé inaperçu bien longtemps, puisqu'il a déjà été partagé.

— Tant mieux. J'espère que Chad l'a vu.

Le regard bleu rivé sur elle s'étrécit, glacial.

— Votre *post* a malheureusement intéressé d'autres personnes que votre frère.

— Combien ?

— Six millions.

— Six millions ! s'écria Regan, abasourdie. Mais je n'ai que quarante-huit *followers*, et la plupart sont des relations professionnelles.

— Vous n'êtes peut-être pas très populaire, mademoiselle James, mais moi, je le suis.

— Tant mieux pour vous, ironisa-t-elle.

Des images perturbantes clignotaient dans les recoins de sa cervelle à la vue de son torse nu et de ses abdominaux.

— Vous devriez boutonner votre chemise, reprit-elle. L'air s'est rafraîchi.

— Il fait quarante degrés à l'ombre. Je boutonnerai ma chemise quand j'en aurai envie. À moins que ça vous dérange…

Sur ces derniers mots, la voix de Jaeger s'était réduite à un murmure sensuel. Suggestif.

— Pas du tout ! répliqua Regan, balayant l'insinuation d'un geste de la main comme si c'était absurde. Je trouve simplement que ce n'est pas très… royal.

Jaeger esquissa un sourire, qui disait clairement qu'il n'était pas dupe.

— Justement, je ne me sens pas d'humeur très *royale* en ce moment, mademoiselle James…

Le roi laissa son regard dériver sur les lèvres de Regan, qui ne put s'empêcher de les humidifier du bout de la langue. La tension sexuelle vibrait entre eux telle une corde de violon, excitant chacune de ses terminaisons nerveuses. Elle se faisait l'effet d'une gamine dans une pièce remplie de bonbons auxquels elle n'aurait pas le droit de toucher. Le rouge aux joues, elle s'efforça de chasser l'image de ses propres mains glissant sous les pans de cette maudite chemise déboutonnée.

— Naturellement, vous avez le droit de vous promener dans votre palais habillé comme bon vous semble, Votre Majesté. Ne vous gênez pas pour moi.

Elle se mordit la lèvre inférieure pour stopper son tremblement nerveux.

— Merci pour cette précision, mademoiselle James. Et maintenant, assez tergiversé. Expliquez-moi comment vous avez eu accès à Internet.

— Je ne peux pas.

Elle ne voulait surtout pas créer d'ennuis à la gentille jeune fille qui entretenait sa chambre.

La mâchoire de Jaeger se crispa.

— Vous savez que je suis à deux doigts de vous étrangler et de jeter votre corps en pâture aux crocodiles.

— Il y a des crocodiles dans le désert ?

— Regan !

Elle sursauta. Il ne l'avait encore jamais appelée par son prénom.

— Du calme, murmura-t-elle, sans savoir si c'était à elle ou à lui que ça s'adressait. Je demandais juste. Mais…

Ne sachant comment temporiser plus longtemps, elle choisit d'aller droit au but.

— Je ne vous dirai pas de quelle façon j'ai accédé à Internet. Inutile d'insister.

— Si c'est un de mes employés qui vous a aidée, il sera sévèrement châtié.

— Elle n'a rien fait de mal !

Trop tard… Regan se mordit la langue.

— C'est donc la femme de chambre.

— Elle ne m'a pas aidée. Elle avait une tablette et je la lui ai… empruntée.

L'éclat dans les yeux de Jaeger n'annonçait rien de bon. Elle résolut cependant de ne pas désarmer.

— Si vous la punissez, je ne vous le pardonnerai jamais. Ce n'était pas sa faute. J'ai simplement profité d'un moment d'inattention de sa part.

Jaeger la dévisagea, silencieux.

— Vous ne la punirez pas, promis ? insista Regan en croisant nerveusement les mains. Elle ne le mérite pas. Et vous me semblez être un homme juste.

Il laissa fuser un petit rire cynique.

— Épargnez-moi ce genre de flatterie, *American Lady.*

— Je voulais simplement…

— Silence ! Je dois réfléchir.

S'il avait besoin de réfléchir, Regan, elle, avait besoin de prendre l'air. Pivotant, elle lui tourna le dos.

— Où allez-vous ?

Elle lui lança un coup d'œil par-dessus l'épaule.

— Inutile de crier. Je suis là.

— Je ne crie jamais, rectifia Jaeger. Ou plutôt, je ne criais jamais avant de vous rencontrer.

Sérieusement troublée par l'effet qu'exerçait sur elle la vision de son torse toujours à moitié dénudé, Regan avait l'impression que son cœur allait jaillir de sa poitrine tant il cognait fort.

— C'est facile d'y remédier, dit-elle, s'efforçant d'adopter un ton détaché. Il vous suffit de me laisser partir.

— J'aimerais bien. Croyez-moi, vous êtes un fléau dont je me serais volontiers passé.

Pour une raison obscure, Regan fut blessée par ces paroles.

En dépit des circonstances, cet homme l’attirait comme un aimant. Un seul regard, sa seule présence suffisaient à l’électriser. Avec lui, elle se sentait plus vivante qu’elle ne l’avait jamais été. C’était hallucinant. Et terrifiant.

— Vous n’avez aucune idée des conséquences de votre *post* sur Facebook, n’est-ce pas, mademoiselle James ?

— Je devrais ?

— Non. J’imagine que non, soupira Jaeger. Dans votre monde, poster une photo provocante sur les réseaux sociaux ne fait pas de vagues. Ici, c’est différent. Nous avons des valeurs morales et d’éthique.

— Moi aussi, riposta Regan, sur la défensive.

— Peut-être. Mais votre petite plaisanterie a déclenché une crise diplomatique que je vais devoir régler.

— Comment ça, une crise diplomatique ?

— Demain débute le plus important sommet international que mon pays ait jamais accueilli. Le monde entier se demande à présent qui est l’étrangère que j’ai invitée au palais.

— Vous ne m’avez pas invitée ! Vous m’avez traînée ici de force.

Ignorant la rectification, Jaeger poursuivit :

— Par ailleurs, je me retrouve sans personne à mes côtés pour jouer le rôle d’hôtesse durant les quatre prochains jours.

— Je ne vois pas en quoi cela me concerne.

— Laissez-moi vous expliquer, répondit doucement Jaeger, en la toisant d’un regard étincelant. Puisque tout ceci est votre faute, c’est vous qui allez remplacer Milena.

— Non, mais ça va pas ! Vous imaginez ce que les gens vont penser en nous voyant ensemble ?

Jaeger s’adossa au dossier du canapé, un pied croisé sur l’autre.

— Je crains qu’il soit trop tard pour s’en inquiéter, *habibi*.

Regan déglutit péniblement.

— Raison de plus pour ne pas aggraver les choses en m’exhibant à votre bras. Et *vous* êtes responsable de la situation, pas moi. C’est vous qui m’avez obligée à venir ici.

— Peu importe. Ce qui est fait est fait. Nous devons en

assumer les conséquences, répliqua Jaeger, son regard bleu virant à l'orage. D'habitude, Milena m'accompagne lors des manifestations officielles, mais nous savons tous deux ce qui l'en empêche, n'est-ce pas ?

— Mon frère n'est pas responsable de la désertion de votre sœur !

Regan vit le roi se raidir et jugea préférable de baisser d'un ton.

— Écoutez, le mieux, c'est d'en rester là. Promis, je ne vous causerai plus aucun souci. Bientôt, tout le monde aura oublié ma petite photo.

— Personne n'oubliera votre petite photo, *American Lady*. Et ça ne résout pas mon problème immédiat.

— Je suis certaine que votre téléphone contient les numéros de nombreuses femmes qui ne demanderont pas mieux que de jouer les hôtesses à votre bras, répliqua Regan, s'efforçant de paraître désinvolte.

— Probablement. Mais ces femmes remplissent généralement des fonctions très différentes de celle d'hôtesse.

Son ton signifiait clairement le genre de fonctions dont il s'agissait. Regan ne put s'empêcher de rougir.

— Or, poursuivit Jaeger, je ne tiens pas à passer le week-end avec une femme qui pourrait croire que je m'intéresse à elle. Avec vous, je suis tranquille, ça n'arrivera pas.

— Aucun risque, c'est sûr !

Un sourire amusé aux lèvres, Jaeger se frotta le menton, l'air intrigué.

— Décidément, vous êtes la seule personne à oser me tenir tête.

— Dommage que d'autres n'en aient pas fait autant. Vous seriez plus raisonnable et nous ne serions pas dans ce pétrin.

— Oh ! nous y serions tout de même.

— Vous peut-être, rétorqua Regan, mais pas moi. J'enseigne dans une école prestigieuse et je dois songer à ma réputation. Alors, quand tout ce cirque sera terminé, j'aimerais pouvoir reprendre une vie normale sans être étiquetée comme la maîtresse d'un roi du désert !

Jaeger éclata de rire, ce qui ne fit qu'accroître l'exaspération de Regan.

— Ma collègue de travail, Penny, a dû me laisser une tonne de messages pour savoir ce qui se passe.

— Exact. Mes agents de sécurité lui ont répondu en votre nom.

— Espèce de… !

Regan pinça les lèvres.

— Je me retiens pour ne pas sortir de mes gonds, mais j'ai du mal.

— Ravi de le savoir. Cela dit, je comprends tout à fait votre souci de respectabilité, mademoiselle James. Raison pour laquelle j'ai décidé de vous présenter comme ma fiancée.

Regan se figea. Avait-elle bien entendu ?

— Votre… *quoi ?* balbutia-t-elle.

Jaeger se mit à marcher de long en large.

— C'est la meilleure solution. Elle permet d'expliquer votre présence au palais et obligera votre frère à se manifester.

— Vous êtes aussi vicieux qu'un serpent ! Mais ça ne marchera pas. Chad ne croira jamais à cette histoire de fiançailles.

— Je me fiche de ce qu'il croira ou non. Tout ce que je veux, c'est qu'il ramène ma sœur ici, saine et sauve.

— Et si ça ne marche pas ?

— Il faut que ça marche.

— Pourquoi ? Parce que Sa Majesté l'a décrété ?

Jaeger s'immobilisa pour la dévisager fixement.

— Ça vous amuse de me provoquer… Regan ?

Comme le regard de son ravisseur s'attardait sur ses lèvres, elle tressaillit. Son pouls se mit à battre frénétiquement à la base de sa gorge, tel un oiseau paniqué cherchant à sortir de sa cage.

— Vous devriez faire attention, reprit Jaeger avec une douceur menaçante. En ce moment, je meurs d'envie de poser les mains sur vous, et je n'ai pas encore décidé si ce sera agréable ou douloureux.

Regan recula prudemment.

— Nous parlions de mon frère, lui rappela-t-elle d'un ton aussi digne que possible.

— L'unique raison pour laquelle vous êtes ici.

Jaeger s'avança vers elle. Regan ne voyait plus que lui. La beauté de ses traits, son nez aquilin, ses mâchoires ombrées d'une barbe naissante, sa bouche tout à la fois dure et généreuse, l'éclat intense de ses yeux... Des yeux capables de percer à jour toutes ses pensées.

Il esquissa un sourire moqueur.

— Cessez de fantasmer, *American Lady*. Nos fiançailles ne sont qu'un arrangement provisoire.

— Domaine dans lequel vous êtes exceptionnellement doué, répliqua-t-elle, furieuse autant contre lui que contre elle-même.

— Je suis doué dans bien d'autres domaines, *habibi*. Et si vous n'êtes pas plus prudente, vous découvrirez celui dans lequel je suis *particulièrement* doué.

Le sous-entendu sexuel fit naître une bouffée de chaleur dans le ventre de Regan. Sans compter que Jaeger n'avait toujours pas boutonné sa chemise.

— Quoi qu'il en soit, reprit-il, votre présence à mes côtés atténuera les conséquences de votre *selfie* en faisant taire les ragots au sujet de l'Américaine qui réside chez moi.

— Qui *réside* ? s'insurgea Regan. Dites plutôt : que vous retenez prisonnière.

— Vous n'êtes pas derrière des barreaux.

— C'est tout comme, puisque vous ne m'avez pas demandé mon avis.

— Vous n'êtes pas en position de réclamer quoi que ce soit.

— Justement, si ! riposta Regan en soutenant son regard. Si vous voulez que je coopère, il me faut quelque chose en échange.

Elle le vit se raidir. Pensait-il qu'elle allait exiger de l'argent, des bijoux ou toute autre contrepartie du même genre ?

— À voir votre tête, vous devez fréquenter uniquement des femmes superficielles ou très intéressées, ironisa-t-elle.

Il la fusilla du regard.

— Ne me faites pas attendre, mademoiselle James. Que voulez-vous ?

— Passer un marché.

— Pardon ?

— Un marché, répéta-t-elle comme si elle s'adressait à un élève en difficulté. Je vous servirai d'hôtesse pendant les quatre prochains jours à condition que vous laissiez Chad tranquille.

— Pas question. Il retient ma sœur loin de Santara.

— Vous n'en savez rien. Vous n'avez aucune idée de ce qui s'est passé.

— Je finirai par le savoir, et votre frère aura de sérieux ennuis.

— Très bien. Dans ce cas, débrouillez-vous avec votre harem pour remplacer Milena. Ensuite, vous devrez expliquer aux autorités américaines pour quelle raison vous me retenez ici contre ma volonté.

Jaeger la toisa fixement, le visage impassible, puis il lui tourna le dos et se planta devant la fenêtre, les mains dans les poches, offrant à Regan le spectacle de ses fesses joliment moulées par le jean.

— Marché conclu.

Hein ? Quoi ? Regan redressa brusquement la tête, le rouge aux joues en constatant qu'il l'avait surprise à lorgner ses fesses.

— Vous serez ma fiancée pendant les quatre prochains jours. Et quand votre frère réapparaîtra avec Milena, je le laisserai quitter le pays.

Il s'approcha. Elle recula instinctivement d'un pas en notant la lueur féroce dans ses yeux.

— Mais s'il a fait le moindre mal à ma sœur…

Il s'immobilisa juste avant de la toucher.

— … je le tuerai. Est-ce clair ?

— Très clair, marmonna Regan. Mais ce ne sera pas

nécessaire. Chad n'est pas le genre de gars macho qui se croit tout permis et n'en fait qu'à sa tête. Il est doux et attentionné.

— Contrairement à moi ?

— Je n'ai pas dit ça.

— C'est inutile, *habibi* : votre visage trahit toutes vos pensées. En ce moment, par exemple, vous mourez d'envie de m'embrasser…

Désarçonnée, mortifiée, Regan émit une série de sons inintelligibles lorsqu'elle voulut prononcer une phrase avec les mots « ego », « monstrueux » et « surdimensionné ».

— Vous vous trompez, répondit-elle enfin.

— Pas du tout. Pupilles dilatées et souffle court sont autant de signes qui m'implorent de poser ma bouche sur la vôtre.

— C'est la peur, dit-elle, les joues en feu.

— Peur que je vous embrasse ou que je ne le fasse pas ?

Comme elle secouait la tête, Jaeger lui encadra le visage des mains. Ce geste pourtant doux lui arracha un petit cri. Ils restèrent ainsi une seconde ou deux, les yeux dans les yeux. Puis, lentement, Jaeger inclina la tête vers elle…

Regan saisit les poignets de Jaeger pour le repousser, mais sa bouche sur la sienne l'arrêta net. Elle fondit sous l'assaut de ses lèvres chaudes et expertes, de sa langue qui dessinait le contour de ses lèvres, les pressant de s'ouvrir à lui.

Submergée par les sensations, elle capitula et s'abandonna. Une main sur sa nuque, il lui renversa la tête en arrière, approfondissant son baiser, tandis que de l'autre, posée sur ses reins, il la plaquait contre lui.

Au contact de sa virilité tendue contre son ventre, Regan s'agrippa à ses épaules, sans défense, épinglée contre son corps, parcourue de sensations folles. Elle se cambra pour offrir sa gorge à ses lèvres. Elle s'entendit gémir. Sa poitrine se gonflait de désir. La pulsation entre ses cuisses s'intensifiait. Et comme s'ils n'obéissaient plus à son cerveau, ses doigts glissèrent sous la chemise de Jaeger, le long de son dos. Elle savoura le contact de sa peau. Elle se sentait légère, étourdie.

Si étourdie qu'il lui fallut une seconde pour comprendre qu'il avait déboutonné son chemisier. Des lèvres et du bout des dents, il lui titilla les seins. Sous le délicieux supplice, elle perdit pied et se pressa contre lui.

— Jaeger…

Il redressa brusquement la tête, le souffle court. Ses yeux étaient à présent d'un bleu presque noir. Regan comprit aussitôt qu'il regrettait ce qui venait de se passer. Elle porta les doigts à ses lèvres gonflées par la violence de ses baisers.

— Pourquoi avez-vous fait ça ? murmura-t-elle.

Il plissa les yeux.

— J'ai eu envie de savoir ce que ce serait de vous embrasser à la seconde où je vous ai vue. Maintenant, je sais.

Il s'écarta d'elle. Son regard reflétait la distance mentale autant que physique qu'il rétablissait entre eux.

— Demain, reprit-il, on vous procurera une garde-robe qui devrait couvrir tout ce dont vous avez besoin pour les quatre prochains jours. Respectez votre part du marché et je respecterai la mienne.

Sur ce, il tourna les talons et sortit.

Sous le choc, le corps encore parcouru de soubresauts de désir, Regan resta immobile, interdite.

« J'ai eu envie de savoir ce que ce serait de vous embrasser à la seconde où je vous ai vue. Maintenant, je sais. »

D'une main tremblante, elle repoussa ses cheveux de son visage. Comment pouvait-il embrasser avec autant de passion et disparaître ensuite ? Comment pouvait-il lui tourner le dos alors qu'il venait de chambouler son univers ?

Sans doute n'était-ce qu'un baiser comme un autre pour un homme tel que lui, qui avait probablement embrassé des centaines de femmes – contre à peine une demi-douzaine de garçons pour elle. Elle n'avait jamais eu de chance avec les hommes : ceux à qui elle plaisait ne l'attiraient pas, et ceux qui auraient pu lui plaire ne voulaient pas d'une fille qui élevait un ado, même si cet ado était son frère. En tout cas, aucun homme ne l'avait jamais embrassée ainsi, avec une telle sensualité, une telle passion.

Machinalement, elle porta la main à ses lèvres, puis suivit du bout des doigts le chemin pris par la bouche de Jaeger le long de son cou jusqu'à sa gorge… Un sursaut de fierté lui fit relever la tête. Ce baiser, elle devait l'oublier. Elle était ici pour Chad.

Hélas, cela l'avait obligée à passer un pacte avec le diable.

6.

Dès qu'il l'aperçut dans la grande salle de bal, Jaeger sut que Regan allait lui demander de revenir sur leur accord, et qu'il ferait mieux d'accepter. Ce ne serait pas la première fois qu'il recevrait seul des invités. Quant à sa présence au palais, ce serait certes délicat à expliquer, mais pas impossible.

Elle marchait de long en large, la mine inquiète, en se mordillant la lèvre inférieure. Une lèvre qu'il avait taquinée des dents à peine vingt-quatre heures plus tôt…

Elle était d'une rare beauté dans un fourreau de soie vert émeraude dont le bustier soulignait la grâce de son cou et la courbe délicate de ses épaules. La couleur rehaussait l'or roux de sa chevelure et son teint de nacre.

Il la regarda s'immobiliser devant un miroir pour replacer une mèche derrière l'oreille. Avec ses cheveux rassemblés en un chignon sophistiqué d'où s'échappaient quelques boucles, elle avait l'allure d'une reine antique. Ce fut à cet instant précis qu'il choisit de ne pas la laisser revenir sur leur accord. Pas tout de suite.

Peu désireux d'analyser de trop près les motivations justifiant sa décision, il s'adossa nonchalamment au mur.

— Il est trop tard pour changer d'avis, *jamila*.

Regan sursauta et se retourna si vite que le bas de sa robe tourbillonna autour de son corps, dévoilant ses longues jambes fines.

— Qu'est-ce qui vous fait dire que j'ai changé d'avis ?

— Votre langage corporel.

Il espérait qu'elle n'était pas aussi douée que lui pour lire ce langage. Sinon, elle saurait ce que son corps à lui réclamait. Il avait envie d'elle. Maintenant. Pour autant, il n'était pas question de céder à ses pulsions. Il ne l'embrasserait plus. La situation était déjà assez compliquée comme ça. Il devait à tout prix garder le contrôle de ses émotions et agir de façon pragmatique.

Il s'écarta du mur.

— Nous avons quelques points d'ordre pratique à régler avant le…

— Votre Majesté, attendez ! S'il vous plaît.

Quand elle s'approcha, il inspira son délicat parfum de jasmin.

— C'est Jaeger. Ou Jag. Vous vous souvenez ?

Elle pinça les lèvres.

— Je ne préfère pas.

— Si c'est à propos du baiser d'hier…

— Il ne s'agit pas de ça, l'interrompit-elle vivement. Maintenant que vous savez ce que c'est de m'embrasser, on peut tourner la page.

Tourner la page ? Il n'était pas certain d'en être capable.

— J'ai réfléchi. Il est évident que je peux difficilement passer pour votre fiancée. Je ne suis pas de sang royal, je n'ai rien d'un top model. Je suis une institutrice tout ce qu'il y a de plus banale. Bref, tout le monde va vite s'apercevoir de la supercherie.

— Vous n'êtes pas banale et je vous demande d'être vous-même, objecta Jaeger. En qualité d'institutrice, vous avez l'habitude de parler et d'évoluer en public. Ce ne sera pas bien différent.

— Faire face à des enfants, c'est différent. Et franchement, je préfère être dans les coulisses que sur le devant de la scène. Dès que je me sens observée, ça me rend nerveuse.

— Pourquoi ?

Jaeger avait l'habitude d'être sous le feu des projecteurs. Ce qui le rendait nerveux, c'était d'être observé de trop près.

Regan baissa les yeux.

— Les premières années après la disparition de mes parents, j'avais régulièrement la visite surprise des services de protection de l'enfance pour vérifier que je m'occupais bien de Chad. Chaque fois, j'avais peur qu'il me soit enlevé au moindre écart, au moindre manquement de ma part. Du coup, je déteste me sentir observée. Et je déteste les surprises

Touché qu'elle lui confie quelque chose d'aussi personnel, Jaeger sentit quelque chose se serrer dans sa poitrine.

— Promis, vous n'aurez aucune surprise, *habibi*. Il s'agit d'un sommet politique, pas d'une réception mondaine. Par conséquent, tout est programmé à la seconde près et c'est moi qui serai sur le devant de la scène.

Il parlait d'un ton délibérément détaché pour la rassurer et effacer l'appréhension qu'il lisait sur son visage.

— À présent, voyons le premier point d'ordre pratique.

Il plongea la main dans sa poche et en sortit une petite boîte rouge, dont il souleva le couvercle avant de la tourner vers elle.

— C'est pour vous.

— Seigneur, il est aussi gros qu'un iceberg ! s'exclama Regan en se cachant les mains dans le dos. Je ne peux pas porter ça.

Jaeger sourit.

— Désolé, je n'ai pas trouvé plus petit. Donnez-moi votre main.

— Non.

Ignorant son petit accès de rébellion, il attrapa son bras pour ramener sa main vers lui et glisser la bague à son doigt.

— Je n'étais pas sûr de la taille de l'anneau. Vos doigts sont si fins que le bijoutier était persuadé que je me trompais.

Tous deux contemplèrent le diamant qui étincelait maintenant à son annulaire.

— Je parie que cette bague contient une puce GPS pour me suivre à la trace, marmonna Regan, mal à l'aise.

— Ne me donnez pas des idées, *jamila*.

Elle releva les yeux sur lui.

— Vous m'avez déjà appelée ainsi. Qu'est-ce que ça signifie ?

— Beauté.

— Je ne suis pas une…

— Si, vous l'êtes.

L'air entre eux sembla crépiter et Jaeger se fit violence pour ne pas céder à l'envie de dévorer ses lèvres.

Regan baissa de nouveau les yeux sur la bague.

— Ce diamant, j'espère que c'est du toc. J'aurais trop peur qu'on me le vole.

— Rassurez-vous, mes services de sécurité ne vous lâcheront pas des yeux.

— Vous craignez que je me sauve ?

— Aucun risque de ce côté-là. Vous n'iriez pas loin dans le désert. Et ce n'est pas du toc. C'est un vrai diamant.

Regan pinça les lèvres et là encore, Jaeger dut prendre sur lui pour résister au désir d'adoucir la courbe de sa bouche d'un baiser.

— Deux autres points d'ordre protocolaire restent à préciser, reprit-il rapidement. Vous marcherez deux pas derrière moi et vous n'avez pas le droit de me toucher.

Notant le froncement de sourcils étonné de Regan, il hocha la tête.

— Les Santarians n'apprécient guère les démonstrations publiques d'affection.

— Waouh ! Mes parents auraient fait scandale, ici. Ils étaient très tendres entre eux, très démonstratifs. Chad et moi avons hérité de leur naturel affectueux.

Regan s'interrompit soudain, l'air gêné.

— Excusez-moi. Je ne sais pas pourquoi je vous raconte ça. Ça ne vous intéresse pas.

Si, un peu. Mais il préférait ne pas penser à son côté affectueux, à la façon dont elle avait répondu à son baiser.

— Dernier point, pas un mot entre nous concernant votre frère et Milena. Le sujet est clos pour le moment. Compris ?

— Compris. Ce serait mal vu de se chamailler devant les invités.

— Mesdames et messieurs, cheikh Jaeger al-Hadrid, roi de Santara, et Mlle Regan James, future reine de Santara.

Deux pas derrière Jaeger, Regan attendait qu'il amorce la descente du grand escalier, tout en allongeant le cou pour voir par-dessus ses larges épaules ce qui l'attendait en bas. Elle faillit reculer de saisissement en découvrant la foule d'hommes aux uniformes chamarrés et de femmes aux robes chatoyantes qui se pressaient sous les lustres de cristal, la tête levée vers eux pour tenter de l'apercevoir.

Nerveuse, elle fit tourner autour de son doigt le solitaire de la taille d'un œuf de pigeon, tout en priant pour ne pas trébucher dans l'escalier.

Tarik avait-il besoin de la présenter comme la future reine ? N'aurait-il pas pu se contenter de donner simplement son nom ? Ou mieux, de ne rien dire du tout ?

Devant elle, Jaeger s'avança d'un pas.

C'est parti, se dit-elle, s'armant de courage pour le suivre. Mais, comme s'il avait perçu son appréhension, il se tourna vers elle, la main tendue. Regan releva les yeux sur lui et l'intensité qu'elle lut dans son regard lui fit battre le cœur plus vite. La bouche sèche, elle le vit inspirer brusquement, puis lui faire signe d'approcher d'un battement de paupières.

Elle s'exécuta.

— Qu'est-ce qu'il y a ? chuchota-t-elle, gênée.

— En fait…

Incrédule, elle vit sa bouche frémir sur un sourire.

— … j'ai toujours détesté le protocole, acheva-t-il en prenant sa main pour la porter à ses lèvres.

Un murmure parcourut la foule et Regan sentit de nouveau son cœur s'emballer. Tout comme, sans doute, celui de toutes les femmes qui les regardaient.

Ne rêve pas ! s'admonesta-t-elle aussitôt. Ce n'était pas un conte de fées. Elle n'était pas Cendrillon et Jaeger n'était pas le prince charmant. Ça ne marchait pas ainsi dans la vraie vie. La vraie vie était souvent bien plus compliquée.

— Il est trop tard pour changer d'avis, murmura-t-elle, lui retournant ses propres paroles.

Le sourire de Jaeger s'élargit.

— Loin de moi l'idée de changer d'avis, ma petite Américaine.

Regan soutint son regard étincelant. Elle ne devait pas se laisser troubler par ce sourire. Ni par la soudaine tendresse contenue dans ce surnom. Ne surtout pas oublier qu'après leur baiser de la veille cet homme l'avait quittée sans un regard. Elle n'avait d'intérêt à ses yeux que parce qu'elle lui était utile pour éviter une crise diplomatique et ramener la princesse Milena au bercail.

Elle prit une profonde inspiration et se concentra pour ne pas trébucher.

Contre toute attente, la soirée se révéla plus agréable que prévu. Les invités se montraient tous charmants avec elle et Jaeger n'était jamais très loin, prêt à intervenir dès qu'il la devinait mal à l'aise.

— Il est merveilleux, susurraient les femmes avec envie, gloussant comme des adolescentes dès qu'il leur accordait un brin d'attention.

Fascinée, Regan le regardait faire le tour de l'immense salle de réception, souriant, bavardant avec les uns et les autres, tellement différent de l'homme froid et menaçant de leur première rencontre. Il était incroyablement beau et tout aussi dangereux. Pas physiquement – du moins pas pour elle. Non, le danger résidait dans son charisme. Un charisme fou qui captivait, attirait comme la lumière attire les papillons. Quitte à s'y brûler les ailes.

Écoutant d'une oreille distraite l'épouse d'un diplomate italien qui lui parlait, Regan vit du coin de l'œil une très belle femme se pencher vers Jaeger pour lui murmurer quelque chose à l'oreille, tout en glissant discrètement quelque chose dans sa poche de pantalon.

— Vous avez de la chance.

La voix de son interlocutrice la ramena sur terre.

— De la chance ?

— Oui. Votre fiancé est le roi des rois ! minauda la brune plantureuse d'une quarantaine d'années avec un sourire entendu. J'ai beau être d'un tempérament latin, je ne suis pas certaine d'être à la hauteur pour satisfaire un homme qui dégage une telle sensualité.

Regan s'empourpra au souvenir de la maîtrise de Jaeger

dans l'art du baiser, au souvenir de ses mains sur son corps, la plaquant contre lui.

— Oh là là ! pouffa l'Italienne. Je vois que vous êtes à la hauteur.

— À la hauteur de quoi ? intervint Jaeger en enlaçant Regan par la taille.

— Bavardage de femmes, Votre Majesté, répondit la femme en promenant les yeux sur son torse comme si elle rêvait d'y tracer un chemin de ses ongles rouge sang.

Regan était affreusement gênée, car contrairement à ce que supposait l'épouse du diplomate, elle ne possédait ni l'expérience ni l'expertise nécessaire pour satisfaire un homme tel que Jaeger.

Il la conduisit vers leur table.

— Qu'y a-t-il dans votre poche ? demanda-t-elle à voix basse.

Il posa sur elle un regard amusé.

— Je crois que c'est un numéro de téléphone. Je n'ai pas regardé.

Regan en resta bouche bée. Elle n'aurait su dire ce qui la choquait le plus : le fait qu'il n'ait pas regardé ou bien qu'une femme ait osé lui glisser son numéro de téléphone devant tout le monde.

— Elle sait pourtant que vous êtes fiancé.

— Elle-même est mariée.

— C'est affreux ! chuchota Regan. Je ne sais pas qui est le plus à plaindre, elle ou son époux. Elle doit être malheureuse avec lui.

— Pas forcément. Certaines personnes trouvent excitant d'avoir de nouveaux partenaires.

— Ça me dépasse. Si j'épouse quelqu'un, je lui resterai fidèle.

— Moi aussi, *habibi*.

Jaeger avait parlé d'une voix rauque, comme s'il s'adressait directement à elle.

— Vous avez donc des scrupules ? murmura-t-elle.

— Ce n'est pas parce que je ne laisse personne toucher

à ma famille que je suis un sale type. Je ne suis pas celui que vous pensez.

Il posa les mains sur sa taille et son cœur bondit dans sa gorge.

— Je croyais que les Santarians n'étaient pas du genre démonstratif en public, dit-elle, faisant mine de plaisanter pour masquer son émotion.

— C'est vrai. Mais ce soir, j'ai déjà enfreint le protocole et le ciel ne m'est toujours pas tombé sur la tête.

— Seriez-vous un rebelle ?

— Pas du tout. J'ai toujours été obéissant.

— Parce que c'est ce qu'on attendait de vous ? Que vous soyez un fils qui fait son devoir ? Un garçon qui a le sens des responsabilités ?

— En effet. Parce que c'est la seule chose qui compte.

— L'amour aussi, ça compte, observa Regan d'une voix soudain hésitante.

— Pour vous, pas pour moi.

— Qu'est-ce qui vous fait dire ça ?

— J'ai vu les dégâts que ça provoque quand on laisse les émotions prendre le pas sur la logique et la raison. Ma mère est partie à l'autre bout de la planète et mon père s'est réfugié dans son monde à lui. S'il y a une leçon à tirer, c'est bien de ne jamais laisser les sentiments dicter nos décisions.

— Mais comment réussit-on à les maîtriser ? Comment faites-vous ?

En cet instant même, elle n'avait qu'une envie : ne pas réfléchir, nouer les bras autour de son cou et poser les lèvres sur les siennes.

— Cela demande de l'entraînement.

— D'accord. Il faut vraiment que je m'y mette. Mais pour l'instant, si vous voulez bien m'excuser, je vais aller me rafraîchir.

— Faites vite, mademoiselle James.

Le souffle court, elle soutint son regard.

L'espace d'une fraction de seconde, il avait posé les yeux sur sa bouche et elle aurait juré qu'ils s'étaient assombris de désir. Sans doute se faisait-elle des illusions. Cet homme avait menacé son frère et se servait d'elle comme d'un appât. Elle ne devait surtout pas l'oublier.

Alors qu'elle sortait des toilettes pour dames, Regan croisa une jolie brune. Comme elle s'effaçait pour la laisser entrer, celle-ci s'immobilisa et la regarda, l'air hésitant.

— Quelque chose ne va pas ? s'enquit gentiment Regan.

— Non, je…

La jeune femme avait les larmes aux yeux.

— Je suis la princesse Alexa de Berenia.

— Enchantée. Je m'appelle Regan James.

— Je sais.

Regan fronça les sourcils, inquiète.

— Vous avez de la peine ? Vous ne vous sentez pas bien ? Je peux vous raccompagner à votre table si vous…

— Ce ne sera pas nécessaire, l'interrompit la jeune femme en lui décochant un regard triste. Vous ne savez pas qui je suis, n'est-ce pas ?

— Je devrais ?

— Oui, si on considère que j'étais la future fiancée du roi jusqu'à hier. Je ne peux toujours pas croire qu'il va vous épouser.

Regan eut l'impression de recevoir un coup de poing dans l'estomac.

— Vous parlez du roi Jaeger ?

— Qui d'autre ?

Les larmes roulaient à présent sur les joues de la jeune femme.

— Mon père prétend que vous l'avez ensorcelé.

— Je n'ai ensorcelé personne, protesta Regan, au bord de la nausée. C'est juste… Je ne peux pas vous expliquer. Je suis sincèrement désolée.

— Il vous aime. Il suffit de voir la façon dont il vous regarde. La façon dont il vous touche.

Regan devait reconnaître que Jaeger s'était montré un petit peu trop démonstratif. Pour autant, il n'était pas amoureux d'elle.

— Je ne sais que vous dire.

Elle-même était chamboulée. Ses propres émotions étaient prises dans une sorte de tourbillon. Elle était tout à la fois peinée pour cette jeune femme qui, visiblement, tenait beaucoup au roi, et furieuse contre ce dernier pour son manque de tact et de sensibilité. Pourquoi ne lui avait-il pas parlé de ses fiançailles ? Pourquoi ne l'avait-il pas prévenue qu'elle risquait de croiser son ex ? Il savait que celle-ci serait sur la liste des invités, non ?

— Il n'y a rien à dire, murmura la princesse en redressant courageusement le menton. Je croyais que ces photos de vous avec Jaeger étaient sans importance, que vous n'étiez qu'une passade, mais je me suis trompée.

Le corps raidi par la colère qui enflait en elle, Regan se mordit la lèvre.

— Écoutez, les choses peuvent encore s'arranger. On ne sait jamais ce qui peut arriver. Si j'étais vous, je ne perdrais pas espoir.

La jeune princesse la dévisagea comme si elle était folle à lier. Ce qu'elle n'était pas. Elle était seulement folle de rage.

— Vous allez me dire ce qui ne va pas ou vous comptez me faire la tête encore longtemps ? demanda Jaeger, agacé.

Voilà plus d'une heure que Regan le regardait comme si elle rêvait de l'écorcher vif. Exaspéré, Jaeger avait fini par écourter la soirée et décidé d'aller se coucher.

Éludant la question, Regan jeta un coup d'œil autour d'elle.

— Pourquoi nous arrêtons-nous ici ?

— J'ai demandé que vous soyez installée dans la suite voisine de la mienne.

Les lèvres pincées, elle lui décocha un regard noir.

— Je ne veux pas d'une chambre adjacente à la vôtre.

De plus en plus irrité par son attitude incompréhensible, Jaeger ouvrit la porte des appartements royaux.

— Dommage. Le pavillon est actuellement occupé par le roi et la reine de Norvège. Cela dit, je ne vous retiens pas. Libre à vous de leur demander l'asile pour la nuit.

Elle le dévisagea avec une telle férocité qu'il crut un instant qu'elle allait le prendre au mot. Puis, relevant son petit nez avec dédain, elle lui passa devant et entra.

Avec un soupir, il lui emboîta le pas en se demandant ce qui avait bien pu se passer au cours de la soirée.

— Inutile de me suivre jusque dans la chambre, lança-t-elle, glaciale. Je suis assez grande pour me déshabiller seule.

Le regard de Jaeger dériva lentement le long de son corps.

— Vous êtes sûre ? Je serais ravi de vous aider.

— Je n'en doute pas. Je parie que vous en avez aidé plus d'une à se déshabiller. Des femmes comme la princesse Alexa peut-être. Votre ex-fiancée.

Ah… Voilà donc la raison de sa froideur.

— La princesse Alexa n'a jamais été ma fiancée. Je ne sais pas qui vous a dit ça, mais c'est une erreur.

— C'est elle-même qui me l'a dit entre deux sanglots, répliqua Regan, le regard étincelant de défi.

Jaeger la dévisagea. Il avait eu un entretien en tête à tête avec le roi Ronan juste avant le dîner. Il lui avait fort poliment rappelé qu'il ne s'était jamais engagé à épouser sa fille et qu'il ne le ferait pas.

— La princesse Alexa et moi…

Elle l'interrompit d'un geste de la main et se mit à faire les cent pas.

— Inutile de me donner des explications. Ça ne me regarde pas, je ne suis qu'une doublure. Une chance que vous ayez des femmes interchangeables sous la main.

— Je ne considère pas les femmes comme des êtres *interchangeables*.

— Non, vous les voyez juste comme des parts de marché négociables selon vos besoins et vos machinations politiques. Au fait, c'est sa bague ? demanda Regan en tirant dessus comme une forcenée, au risque de s'arracher le doigt. Vous l'avez choisie ensemble ?

— Vous voulez bien vous calmer et m'écouter ? ordonna Jaeger.

Elle lui donnait le tournis à aller et venir comme une lionne en cage.

— Écouter quoi ? C'est simple, je ne supporte pas de porter la bague d'une autre femme, même si ce n'est que temporaire.

Comme elle lui tendait la bague, Jaeger lui emprisonna les poignets et la remit à son doigt.

— Il n'y a jamais eu de bague de fiançailles pour la princesse Alexa. C'est la vôtre.

Peu habitué à devoir des explications, il avançait en territoire inconnu.

— Il y a quelques mois, le roi Ronan m'a proposé d'épouser sa fille. Je lui ai dit que j'y réfléchirais. Il a fait circuler l'annonce de futures fiançailles auprès des médias pour me pousser à conclure cette alliance entre nos deux pays.

— De toute évidence, elle semblait définitivement conclue pour la princesse. Elle semble très amoureuse de vous.

— J'en doute. Nous nous sommes croisés une seule fois. Elle ne me connaît pas. Elle est surtout amoureuse de l'idée de devenir reine. Ce qui permettrait à son père de profiter à loisir des richesses de Santara.

— Elle avait pourtant l'air très triste, marmonna Regan en mettant un peu d'espace entre eux. Mais admettons que ce soit par pur calcul politique, c'est le genre de mariage qui devrait vous plaire, non ? On ne mêle pas les sentiments aux affaires du pays.

Jaeger serra les dents. Elle n'avait pas tort. Pourquoi avait-il enterré l'idée d'épouser la princesse Alexa en dépit des avantages politiques ?

— Ça suffit. Je vous en ai assez dit et je n'ai pas d'explications à vous donner.

— Ben voyons ! Je ne suis qu'un de vos larbins, après tout. J'imagine que vous allez frapper dans vos mains pour me faire disparaître.

— Ne me tentez pas.

— En tout cas, sachez que je trouve particulièrement indélicat de votre part de ne pas m'avoir parlé de la princesse. Vous saviez à quel point j'étais anxieuse de rencontrer tous ces gens et vous m'avez jetée dans la fosse aux lions.

— N'exagérez pas. Je ne vous ai pas quittée de la soirée et

je suis furieux qu'Alexa vous ait approchée. Heureusement, sans conséquences.

— Pour vous, peut-être. Parce que vous ne pensez qu'à vos affaires et à vos petits arrangements. Vous vous fichez de ce que peuvent ressentir les gens. Si vous donnez votre corps à la science après votre mort, on découvrira que vous étiez l'un des rares êtres humains à avoir vécu sans cœur.

— Je ne suis pas sans cœur. Et je ne vois pas à quoi rime cette discussion. Nous ne sommes pas en couple.

— En effet, je ne suis qu'un moyen pour vous d'arriver à vos fins. À savoir, retrouver votre sœur et punir mon frère.

Submergé par une vague d'émotions contradictoires – colère, frustration, injustice –, Jaeger s'écarta.

— Je ne veux pas discuter de ça avec vous.

— Pourquoi ? Parce que vous trouvez normal de vendre votre sœur comme le fait le roi Ronan avec sa fille ? Parce que la raison politique passe avant tout le reste ?

— Je ne vends pas ma sœur ! s'écria-t-il, énervé.

Comme elle lui lançait un regard sarcastique, il serra les poings. Cette femme le rendait dingue.

— Vous critiquez mes décisions concernant Milena, mais vous ne savez absolument rien d'elle et de ce qu'elle a vécu.

Il vit les yeux de Regan s'écarquiller légèrement quand il revint brusquement vers elle.

— À seize ans, ma sœur s'est entichée d'un dresseur de chevaux venu travailler aux écuries royales. J'ai pensé qu'il n'y avait pas de mal. J'ai cru qu'il se comporterait en gentleman compte tenu de l'âge de Milena et de son titre. Je n'étais qu'un idiot. C'était un homme marié qui a abusé de son innocence pour la séduire et lui briser le cœur.

Jaeger ferma brièvement les yeux. Le souvenir était toujours aussi douloureux.

— Peu de temps après son départ, Milena a cessé de se nourrir. Elle a basculé dans l'anorexie. Un matin, je l'ai trouvée avec une boîte de somnifères dans les mains.

Il se souvenait encore de cette impression de sciure dans sa bouche quand il avait réalisé à quel point ce salaud l'avait détruite. Il s'était alors juré que plus jamais personne ne ferait le moindre mal à sa petite sœur.

Consternée, Regan baissa les yeux.

— Pardon. Je ne savais pas. Vous avez dû vivre des moments terribles.

Jaeger s'éloigna de nouveau. Il ne voulait pas de la compassion de Regan James. Il ne voulait pas la laisser s'infiltrer dans ses pensées, s'emparer de lui. La pitié était son pire ennemi.

— Même si la raison politique reste cruciale, mademoiselle James, Milena a besoin de se sentir désirée et utile. Elle ne s'est jamais remise de la désertion de notre mère, dont elle se croit responsable. Elle n'a toujours pas compris que celle-ci n'a jamais eu la fibre maternelle. Quand ce projet d'union avec le prince de Toran m'a été présenté, j'ai pensé qu'il pourrait lui apporter la stabilité et une raison d'être. Et voilà que vous débarquez avec vos leçons de morale !

Choqué de s'être ainsi confié à une femme qui n'était après tout qu'une étrangère, il lui tourna le dos, le regard perdu dans le ciel obscur sans étoiles.

— Désolée, murmura Regan. J'ai dû vous rappeler de bien mauvais souvenirs en refusant de m'alimenter l'autre jour.

L'émotion dans sa voix était si profonde qu'il ne put s'empêcher de tourner la tête pour la regarder. Il n'avait jamais vu de femme aussi transparente.

— J'ai eu tort de mettre en doute votre affection à l'égard de votre sœur, ajouta-t-elle.

— Inutile de faire votre mea culpa, asséna Jaeger, mettant un terme à cette conversation qui ébranlait sa carapace.

Il l'entendit murmurer un timide « bonne nuit » avant de disparaître derrière l'une des portes. Comme il ouvrait la bouche pour lui dire qu'elle se trompait de chambre, elle revint, rougissante.

— Je crois que je viens d'entrer dans votre chambre. J'ai reconnu votre parfum.

La mâchoire de Jaeger se crispa.

— En effet. La vôtre est là-bas, précisa-t-il en montrant une porte à l'autre bout du salon.

Lissant sa robe sur ses hanches du plat de la main, Regan lui adressa un petit sourire nerveux avant de s'éclipser rapidement dans la direction indiquée.

À défaut d'avoir Regan James nue dans ses bras pour soulager la tension de son corps, Jaeger s'avança vers le bar. À peine avait-il posé la main sur la carafe en cristal qu'un hurlement le fit sursauter.

Regan !

Il se précipita dans la chambre et s'arrêta net en la découvrant debout sur le lit, une sandale à la main, seulement vêtue d'un soutien-gorge et d'une petite culotte.

— Une… Une mygale, bégaya-t-elle, les yeux exorbités. Aussi grosse qu'un bœuf !

— Où ?

— Là… Sur le mur.

Ayant repéré l'araignée, Jaeger dut reconnaître qu'elle était en effet énorme. Peut-être pas aussi grosse qu'un bœuf, mais pour quelqu'un qui n'avait jamais vu une araignée-chameau, sa taille était impressionnante. Il prit un verre vide dans la salle de bains pour la capturer et la jeter dehors.

— C'est un solifuge, précisa-t-il à l'adresse de Regan, toujours perchée sur le lit. On l'appelle aussi araignée-chameau.

— Du moment qu'elle est *techniquement* partie, je me fiche de son petit nom. Il y en a d'autres ?

Évitant de regarder les longues jambes fines exhibées sous son nez, Jaeger vérifia autour et sous le lit.

— Rien à signaler. Dormez tranquille, on en voit rarement au palais. Elles préfèrent le désert.

— Si je comprends bien, celle-ci s'est égarée, marmonna Regan en inspectant le sol d'un œil inquiet comme si elle s'attendait à voir surgir une armée d'araignées.

— Venez.

Jaeger lui tendit la main, alors même que son cerveau lui criait de ne pas la toucher. À sa grande surprise, la jeune femme mit sa main dans la sienne. Sans doute était-elle encore sous le choc… Elle perdit l'équilibre en descendant du lit. Jaeger la rattrapa in extremis. Cramponnée à ses épaules, le corps collé au sien, elle leva les yeux sur lui.

Il tressaillit, hanté par le souvenir du baiser de la veille. Durant la réception, l'envie de dévorer ses lèvres avait de nouveau failli lui faire perdre l'esprit. Qu'avait-elle donc de si spécial, cette femme qui éveillait en lui une faim si féroce qu'elle en était douloureuse ? Il était tellement excité qu'il en tremblait. Regan était offerte à lui. Il lui suffisait d'ouvrir la braguette de son pantalon et d'écarter un peu sa petite culotte pour pouvoir s'enfoncer en elle.

Les doigts crispés sur la peau satinée de ses hanches, il prit une profonde inspiration et, lentement, la laissa glisser le long de son torse jusqu'à ce que ses pieds touchent terre.

Elle le regardait, aussi bouleversée que lui, semblait-il, le souffle court, les yeux embués de désir.

Jaeger serra les dents. Elle n'était pas là pour satisfaire sa libido mâle. Cette supercherie des fiançailles était uniquement destinée à éviter une crise diplomatique et à ramener Milena à Santara. Il n'était pas question de mêler le sexe à cette affaire.

Il recula en se traitant d'imbécile et se hâta de quitter la chambre avant de changer d'avis.

7.

Regan était déjà debout quand le petit déjeuner fut servi sur la terrasse des appartements royaux. N'ayant aucune idée du programme de la journée, elle avait enfilé un jean et un T-shirt, laissant de côté les élégantes tenues apportées à son intention sur ordre du roi.

La terrasse était déserte. Jaeger était-il parti passer la nuit avec la femme qui avait si effrontément glissé son numéro de téléphone dans sa poche ? *Ça ne te regarde pas !* la rappela à l'ordre sa conscience.

À la vue des plats chargés de fruits et de pâtisseries locales, Regan songea à ce qu'il lui avait confié au sujet de l'anorexie de sa sœur. L'homme n'était pas aussi insensible qu'il en avait l'air. Quand elle avait voulu faire une grève de la faim et qu'il lui avait donné la becquée, elle avait d'abord pensé que c'était pour des raisons purement égoïstes. Mais peut-être l'avait-il fait parce qu'il se faisait réellement du souci pour elle, comme il s'en était fait pour sa petite sœur. Elle préférait cependant la première option. C'était plus facile de ne pas s'attacher à un tyran sans cœur.

Au moment où elle s'installait à table, Jaeger apparut sur la terrasse. Lissant sa serviette sur ses genoux, elle s'obligea à respirer lentement pour calmer les battements de son cœur.

— Vous aviez raison, hier soir, dit le roi en s'approchant. J'aurais dû vous prévenir au sujet de la princesse Alexa. Sincèrement, je n'imaginais pas que l'abandon du projet d'union entre nos deux familles la bouleverserait à ce point. Désolé de vous avoir mise dans cette situation délicate.

Regan était surprise qu'il s'excuse. De son côté, elle s'était emportée sous le coup d'un accès de jalousie absurde, totalement injustifié compte tenu des circonstances.

— J'ai sans doute réagi de façon un peu excessive. Mais ce n'est pas grave, ajouta-t-elle d'un ton qui se voulait léger. J'ai conseillé à la princesse de ne pas perdre espoir.

Jaeger fronça les sourcils.

— Pourquoi lui avoir dit ça ?

— Parce qu'elle me faisait de la peine. Elle a l'air de tenir à vous. Sans compter qu'elle ferait une épouse parfaite. Elle est charmante, bien élevée et de sang royal. Vous feriez de beaux bébés ensemble. Franchement, vous devriez vous lancer.

Jaeger la dévisagea, impassible. Puis il prit une pêche.

— Vous voyez toujours le bon côté des choses ?

— La vie est bien assez dure comme ça sans en rajouter, soupira Regan. Je préfère la voir en rose.

— Vous avez une vision du monde un peu trop idéaliste. Attention à ne pas vous laisser surprendre. D'autant que vous détestez les surprises.

— Les *mauvaises* surprises.

— En existe-t-il d'autres ?

Regan songea aussitôt aux folles sensations qu'éveillaient en elle les baisers de Jaeger, ses mains sur son corps… Hélas, elle ne serait jamais ce qu'il recherchait chez une femme. À moins d'une… surprise ?

— Peut-être pas, concéda-t-elle. Promettez-moi de ne pas parler de tout ceci à la princesse Alexa. Ce serait atrocement gênant pour elle.

Jaeger fronça les sourcils.

— Décidément, vous êtes une femme étonnante. D'abord, vous protégez le personnel du palais, ensuite la princesse. Vous feriez mieux de songer à votre propre sécurité. Vous prenez des risques inconsidérés.

— Pas du tout.

— Si, insista-t-il en s'appuyant contre la table à côté d'elle. C'était dangereux, l'autre soir, d'entrer dans ce bar et de ressortir seule en pleine nuit dans une ville que vous ne connaissez pas. Il aurait pu vous arriver n'importe quoi.

— Il ne m'est rien arrivé.

— L'exception qui confirme la règle, commenta Jaeger en portant une tranche de pêche à sa bouche.

L'air se mit à grésiller entre eux. Regan s'empressa de détourner son attention en désignant le fruit qu'il tenait dans sa main.

— Comment faites-vous pour manger cette pêche sans en faire tomber une goutte ? Vous avez suivi des cours de savoir-vivre ou c'est inné ?

— Disons que je suis méthodique et prudent.

— Vous avez de la chance. À votre place, je serais barbouillée de jus. Quand j'étais enfant, ma mère me nouait une serviette autour du cou dès que je m'asseyais pour manger. Elle disait…

Consciente de jacasser parce qu'il la rendait nerveuse et qu'il était trop près – beaucoup trop près –, Regan se tut. Jaeger découpa une tranche du fruit, qu'il lui tendit.

— Ouvrez, dit-il d'une voix douce.

Toute volonté soudain égarée, elle s'exécuta. Le parfum sucré emplit sa bouche, et son cœur s'emballa sous le regard bleu étincelant rivé sur ses lèvres.

Embrasse-moi ! songea-t-elle. *S'il te plaît, embrasse-moi encore une fois.*

— Votre Majesté ?

Jaeger tourna la tête vers Tarik, qui s'avançait vers eux.

— Excusez-moi, murmura le vieil homme, comme s'il était conscient d'avoir interrompu un moment d'intimité. Je ne voulais pas…

— C'est bon, l'interrompit Jaeger. Que m'amenez-vous ?

Il s'écarta de Regan pour aller s'asseoir face à elle, de l'autre côté de la table.

— L'ordre du jour, Majesté, répondit Tarik en lui tendant une feuille. Il y a quelques changements.

Jaeger se versa une tasse de café et tendit la cafetière à Regan, qui refusa d'un signe de tête, le rouge aux joues.

— Très bien, Tarik, dites-moi ce que je dois savoir.

L'aide de camp énuméra toute une série de réunions qui exigeaient la présence du souverain. Regan était fatiguée rien que d'en écouter la liste.

— Après la table ronde sur la réforme bancaire internationale aura lieu l'inauguration du nouveau complexe sportif de l'école primaire, suivie d'une visite des installations. Il nous faut donc déplacer la réunion sur la lutte antiterroriste à laquelle vous devez assister.

Jaeger se servit une deuxième tasse de café. Avec un tel emploi du temps, il fallait en boire des litres pour tenir le choc, songea Regan. Elle jeta un coup d'œil au programme de sa journée, qui consistait exclusivement à se pomponner en vue du dîner – massage, pédicure, manucure, coiffeur. Elle fit la grimace.

— Pardon de vous interrompre, mais puis-je vous aider d'une façon ou d'une autre ?

Jaeger la regarda comme s'il venait de lui pousser une deuxième tête. Elle leva les yeux au ciel.

— Tant qu'à me faire passer pour votre fiancée, je peux certainement me rendre plus utile qu'en jouant les potiches.

— Comment ça ?

— Je suis enseignante. Je pourrais visiter les installations sportives de l'école pendant que vous participerez à la réunion sur l'antiterrorisme. Je proposerais bien de vous remplacer pour celle-ci, mais en dehors de conseiller à chacun d'aimer autrui comme soi-même, je ne pense pas pouvoir apporter grand-chose à la cause.

Jaeger secoua la tête, l'air tout à la fois incrédule et amusé.

— Qu'en pensez-vous, Tarik ? J'ai déjà rompu avec le protocole, hier soir. Serait-ce exagéré d'accepter la proposition de Mlle James ?

— Au contraire, Majesté. Si Mlle James était réellement votre fiancée, il serait normal, voire souhaitable, qu'elle participe à ce genre d'événement. Son expérience en matière d'éducation apporterait d'autant plus de crédit au projet.

Le soleil matinal éclairait le visage bronzé du roi, faisant ressortir le bleu de ses yeux. L'espace d'un instant, Regan eut l'impression que plus rien n'existait hormis ces deux éclats de ciel.

— Êtes-vous sûre de vouloir vous en charger, *habibi* ? En mon absence, vous serez la cible de tous les regards.

Regan haussa les épaules.

— Je ne sais pas si vous avez remarqué, mais pour mon baptême du feu, hier soir, je me suis retrouvée au centre de l'attention générale. Difficile de faire pire. Alors, puisque, privé du don d'ubiquité, vous ne pouvez être à deux endroits en même temps, je serais contente de vous donner un coup de main. Plus sérieusement, je n'ai pas l'habitude de passer des heures à me faire les ongles et à me coiffer. Je crains de très vite m'ennuyer.

— Dans ce cas… Merci, dit Jaeger.

Une lueur traversa son regard. Une émotion singulière que Regan ne put identifier.

— Tarik vous accompagnera. À tout moment, si vous vous sentez mal à l'aise, dites-le-lui et il vous ramènera immédiatement au palais.

Jaeger tournait en rond. Pour la centième fois, il jeta un coup d'œil sur sa montre. Regan aurait dû être rentrée depuis une heure. Tarik avait envoyé un texto l'informant qu'ils s'apprêtaient à prendre le chemin du retour. Qu'est-ce qui les retenait, bon sang ?

Il était sur le point d'appeler l'équipe chargée de leur sécurité quand il entendit des petits pas rapides sur le sol de marbre blanc du hall. Immédiatement, il sut qui arrivait.

Regan déboula dans le salon, essoufflée, les joues roses, Tarik sur ses talons. Tous deux riaient, l'air complice.

Le regard de Jaeger s'assombrit.

— L'un de vous sait-il l'heure qu'il est ? Nous sommes attendus à dîner dans trente minutes.

Regan cessa aussitôt de rire.

— C'est ma faute. Tarik m'a prévenue que nous devions partir, mais c'était difficile de s'en aller.

— Mlle James a été formidable, Majesté.

— S'il y a quelqu'un de formidable, c'est votre aide de camp, rectifia Regan à l'adresse de Jaeger. À soixante-dix ans, il tape dans un ballon de foot contre des gamins d'une dizaine d'années et il gagne le match.

— Grâce à vos passes, mademoiselle, renchérit Tarik. Vous avez un bon intérieur du pied !

— Heureusement que j'avais mis des chaussures plates, plaisanta Regan en ôtant l'élastique de sa queue-de-cheval pour libérer sa chevelure. Je suis raide morte après cette journée.

— Raide morte, vous ne m'êtes plus d'une grande utilité, mademoiselle James.

Un silence de plomb accueillit la remarque de Jaeger. Celui-ci prit conscience de cet accès inattendu de… de jalousie face à la complicité évidente entre son aide de camp et sa fiancée temporaire, et son exaspération grimpa d'un cran.

— Je ne me souviens pas avoir vu mentionné un match de football sur l'agenda.

— Ce n'était pas prévu, répondit prudemment Regan. Encore une fois, tout est ma faute. Nous faisions le tour du complexe sportif quand un ballon a roulé jusqu'à moi. En le retournant aux garçons qui s'entraînaient sur le terrain, j'ai remarqué un petit groupe de filles assises sur la touche. Je les ai encouragées à venir jouer et l'instant d'après, nous étions tous en train de courir après le ballon.

Comme Tarik posait sur lui un regard intrigué, Jaeger inspira profondément.

— C'est bon. Regan, courez vous préparer. Le dîner débute dans…

Il jeta un coup d'œil sur sa montre.

— … vingt-cinq minutes.

— D'accord, acquiesça-t-elle en passant les mains dans ses cheveux pour les rejeter en arrière. Tarik, si ça ne vous dérange pas, j'aimerais avoir l'adresse postale de l'école.

— Bien sûr, mademoiselle.

— Une minute ! les interrompit Jaeger, de nouveau agacé par leur aparté. Regan, pour quelle raison avez-vous besoin de cette adresse ?

Elle esquissa un sourire timide.

— J'ai promis aux enseignants de leur fournir du matériel pédagogique pour les arts plastiques. L'école en manque. Vous savez, c'est un domaine d'apprentissage aussi important que le reste.

— Pardon ? fit Jaeger, qui avait du mal à la suivre.

— Ce que je veux dire, c'est que le cursus scolaire à Santara est très lourd en mathématiques, en sciences et en langues, mais les enfants, surtout les plus jeunes, ont besoin de découvrir la musique et les arts plastiques. Il faut aussi leur laisser le temps de s'amuser.

Jaeger fronça les sourcils.

— Le cursus a été organisé de cette façon parce que le système scolaire était dans un état lamentable quand je suis monté sur le trône.

— Je sais. Tous les enseignants m'ont chanté vos louanges. Il y a dix ans, Santara était dans le haut du classement en matière d'illettrisme. Aujourd'hui, le pays a beaucoup progressé, le taux d'illettrisme n'est plus que de vingt-cinq pour cent.

Jaeger esquissa une grimace. C'était encore élevé, mais il ne pouvait pas être le meilleur en tout, ainsi qu'avait coutume de lui répéter Tarik. Ce dernier, qui l'observait, haussa d'ailleurs un sourcil éloquent comme pour mieux le lui rappeler.

— Quoi qu'il en soit, poursuivit Regan, je leur ai promis du matériel spécialisé que j'utilise avec mes élèves.

Jaeger secoua la tête. Il avait l'habitude des femmes qui profitaient de sa position pour lui soutirer de l'argent. Que Regan en fasse autant, même si c'était pour les enfants de Santara, le décevait terriblement.

— La prochaine fois que vous userez de ma générosité en allouant des fonds du Palais, passez d'abord par moi, dit-il, glacial, en la regardant droit dans les yeux. Je veux bien honorer votre promesse, pour cette fois seulement.

Il y eut un long silence. Juste comme il pensait avoir repris la situation en main, Tarik s'avança.

— Votre Maj…

— Tarik, intervint Regan d'une voix douce mais ferme. Laissez, s'il vous plaît.

De façon surprenante, celui-ci fit ce qu'elle lui demandait.

Le regard irrité de Jaeger navigua de l'un à l'autre.

— Que vouliez-vous dire, Tarik ?

Nullement impressionnée par son ton autoritaire, Regan répondit à la place du vieil homme.

— Simplement que j'ai prévu de régler moi-même l'achat de ce matériel.

De nouveau, un long silence suivit. Un silence exaspéré.

— Pourquoi me prenez-vous systématiquement à contre-pied, mademoiselle James ?

— Sans doute parce que vous ne voyez que le mauvais côté des gens.

— Parce qu'ils ne me montrent souvent que celui-ci.

Il poussa un profond soupir.

— Il n'est pas question que vous dépensiez un sou pour l'éducation de mon peuple. Le Palais y pourvoira. Donnez à Tarik la liste des fournitures nécessaires.

— Sérieux ? s'exclama Regan, son ravissant visage illuminé d'un sourire qui le troubla, malgré son exaspération. Puis-je ajouter des instruments de musique ?

— N'abusez pas, *habibi* ! Et maintenant, il ne vous reste plus qu'un quart d'heure pour vous préparer. Dois-je demander que le dîner soit retardé ?

— Inutile, lança-t-elle en se dirigeant d'un pas léger vers sa chambre. Accordez-moi dix minutes. Et merci pour le matériel. Vous n'imaginez pas à quel point vous me faites plaisir, conclut-elle, avant de disparaître.

Submergé par une émotion difficile à endiguer, Jaeger se versa un whisky.

— Tout le monde l'adore, Majesté, fit remarquer Tarik. Elle est…

— Elle est ici pour peu de temps. L'auriez-vous oublié ?

— Non, Majesté. C'est juste que…

— Vous avez certainement à faire ailleurs, Tarik, le coupa Jaeger, qui n'était pas d'humeur à l'entendre chanter les louanges de sa fiancée temporaire.

Dès que son fidèle bras droit eut quitté la pièce, Jaeger s'en voulut. Ce n'était pas la faute de Tarik si la jeune Américaine le mettait sur les nerfs.

— Me revoilà !

Belle à couper le souffle, Regan s'était préparée en un temps record.

— J'espère que ça va. J'ai vu que vous aviez troqué l'uniforme pour le costume cravate, alors j'ai choisi une tenue moins formelle qu'hier soir.

La combinaison pantalon sans manches soulignait sa taille fine, ses longues jambes et le délié de ses bras. Sa chevelure cascadait librement sur ses épaules tel un nuage d'or roux, qui auréolait son visage à peine maquillé.

— Je n'ai pas eu le temps d'attacher mes cheveux, mais si vous pensez que c'est mieux, je peux…

— C'est parfait, la coupa-t-il, conscient qu'elle babillait ainsi dès qu'elle était nerveuse. Vous êtes…

Incroyable. Stupéfiante. Excitante.

— … très élégante.

Elle jouait machinalement avec la bague de fiançailles. Jaeger se fit violence pour chasser l'image de ses doigts fins enveloppant une certaine partie sensible de son anatomie. Et face à la brutalité de son désir pour cette femme, sa frustration n'en était que plus intense.

— Allons-y, marmonna-t-il, consterné par la façon dont elle l'excitait sans même le vouloir.

— D'accord. Oh ! une seconde !

Sur le seuil de l'appartement, elle s'immobilisa et lui sourit.

— J'ai oublié de vous demander si votre journée s'était bien passée.

Jaeger se figea. Jamais personne ne lui posait cette question. Les gens étaient trop occupés à débiter leurs doléances pour s'inquiéter de savoir s'il avait ou non passé une bonne journée.

— Très bien, marmonna-t-il.

Regan fronça les sourcils et le dévisagea.

— Vous êtes sûr que ça va ? Vous avez l'air tendu.

Oui, il était tendu ! Parce que cette femme l'obsédait et qu'elle était en train de saper des années d'exercices quotidiens dévolus à la maîtrise de soi. Il aurait mieux fait de la faire enfermer à double tour, loin du palais, dans un lieu inaccessible ! Après l'épisode de l'araignée, la veille, il avait pensé à elle toute la nuit – la finesse de sa taille, la fermeté de ses hanches quand il l'avait rattrapée, la douceur de sa peau. Pour elle aussi, le désir avait été explosif. Il l'avait lu dans ses yeux, perçu dans le frémissement de son corps contre le sien. Dans un ultime sursaut de lucidité, il avait eu la présence d'esprit de s'écarter, juste avant de commettre l'irréparable.

Comme si elle devinait le tour pris par ses pensées, Regan déglutit, la mine inquiète. Et elle avait raison d'être inquiète. Rien de bon ne pouvait sortir de cette attirance physique entre eux. Ne lui restait plus qu'à dépêcher les troupes pacificatrices de la raison vers ses hormones. Il devait à tout prix cesser de penser à elle jour et nuit. Il devait à tout prix faire taire ses émotions pour se concentrer exclusivement sur ses responsabilités.

— Tout va bien, dit-il en la poussant devant lui. Ne faisons pas attendre nos invités plus longtemps.

8.

Regan poussa un soupir soulagé en regardant les derniers dirigeants quitter le palais. Avec la fin du sommet mondial, son rôle d'hôtesse auprès du roi de Santara touchait lui aussi à sa fin. Ces deux derniers jours, elle avait à peine aperçu Jaeger. Elle le croisait lors des manifestations et des dîners officiels, mais il se montrait d'une politesse distante. Et de retour dans les appartements royaux, en fin de soirée, il s'enfermait aussitôt dans son bureau.

Il semblait l'éviter, ce qui n'était pas plus mal. Dès qu'ils étaient ensemble, il suffisait qu'il la regarde pour faire bouillir le sang dans ses veines. Elle détestait ce pouvoir qu'il détenait sur elle, alors même qu'elle était parfaitement consciente de n'être à ses yeux qu'un moyen comme un autre pour obtenir ce qu'il voulait.

Elle se raidit en le voyant se détacher d'un petit groupe de personnalités pour la rejoindre, l'air grave.

— Je sais que le sommet est officiellement terminé, commença-t-il. Mais il vous reste une dernière obligation.

— Laquelle ? demanda Regan, s'efforçant d'adopter un ton aussi calme que le sien. C'est en rapport avec Chad et Milena ? Vous les avez localisés ?

D'après la dernière note des services de renseignements, ils avaient été aperçus cinq jours auparavant dans une boutique d'articles de randonnée, dans les Alpes italiennes. Connaissant le goût de son frère pour la montagne, Regan était un peu rassurée. Cela dit, s'il s'agissait d'une simple escapade en montagne, pourquoi les deux jeunes gens étaient-ils partis en douce ?

— Non. Pas de nouvelles informations, répondit succinctement Jaeger. En fait, j'ai besoin de vous dans le cadre d'un projet d'accord commercial. J'ai organisé une visite de l'arrière-pays pour le président espagnol, qui souhaite investir dans nos infrastructures agricoles. Son épouse nous accompagne ; il serait préférable que vous veniez aussi. D'autant que vous vous entendez bien, paraît-il.

— En effet. Elle est charmante.

Jaeger inclina la tête sur le côté, l'œil curieux.

— Pourquoi ne pas m'avoir dit que vous parliez couramment espagnol ?

— Vous ne me l'avez pas demandé.

Il réprima un petit soupir agacé.

— Eh bien, je vous le demande maintenant. Comment se fait-il qu'une Américaine de la côte Est parle espagnol ?

— Ma mère était d'origine russe. Elle maîtrisait parfaitement cinq langues.

— Dois-je comprendre que vous parlez russe aussi ?

Regan hocha la tête.

— Ainsi que français et allemand. Quoique mon allemand soit un peu plus limité.

— Vous cachez bien des talents, mademoiselle James.

Elle détourna la tête, l'estomac soudain noué par la lueur admirative qui avait traversé son regard.

— Nous partons pour la journée, précisa-t-il. Je vous conseille d'enfiler une tenue ample et légère. La température frôle les cinquante degrés à l'intérieur des terres.

Dès qu'il s'éloigna, Regan fut étreinte par une sensation de manque. Depuis son arrivée à Santara, elle avait l'impression d'être embarquée dans un tour sans fin de montagnes russes émotionnelles. La seconde d'avant, elle ne voulait plus jamais voir cet homme, la seconde d'après, elle mourait d'envie de se coller à lui.

De retour dans sa chambre, elle opta pour un pantalon de toile beige et une chemise de lin blanc à manches longues. Au souvenir de l'araignée de l'autre nuit, elle renonça aux ravissantes sandalettes pour enfiler sa paire de tennis. Puis elle rassembla ses cheveux en queue-de-cheval et attendit Jaeger sur la terrasse.

Quand il la rejoignit, il portait lui aussi une chemise de lin blanc, sur un jean et des boots.

— Je peux prendre mon appareil photo ?

— Bien sûr. Du moment que vous ne postez pas de photos de moi sur les réseaux sociaux.

— Pas de danger. J'ai compris la leçon.

Jaeger tourna vers elle un regard songeur.

— Est-ce si dur d'être ici avec moi, *habibi* ?

Regan battit des paupières. Comment pouvait-il poser la question après l'avoir ignorée ces trois derniers jours ? Par chance, l'irruption d'un garde du corps venu prévenir qu'ils étaient attendus sur l'héliport la dispensa de répondre.

C'était la première fois qu'elle montait dans un hélicoptère et elle était ravie. Elle sentait le regard curieux de Jaeger glisser de temps en temps sur elle, tandis qu'il discutait avec ses invités des multiples atouts de Santara en matière agricole. Bercée par le son de sa voix à travers le casque, elle n'écoutait pas vraiment, perdue dans la contemplation du désert. Tant et si bien qu'elle faillit frôler la crise cardiaque quand il lui tapota le genou pour lui indiquer une caravane de chameaux à travers le hublot.

Émerveillée, elle sourit au spectacle de la colonne d'une vingtaine d'animaux traçant leur route à travers les dunes. Lorsqu'elle releva les yeux, Jaeger lui retourna son sourire et, l'espace d'un instant, elle eut l'impression qu'ils étaient seuls au monde.

À mesure que leur destination approchait, le désert cédait peu à peu la place aux cultures d'un vert étincelant — grâce aux techniques d'irrigation développées à partir de sources souterraines, expliqua Jaeger.

À l'atterrissage, un convoi de 4x4 les attendait pour les conduire au haras royal. Incommodée par la chaleur, la première dame espagnole choisit de se reposer au frais dans la demeure principale pendant que les hommes partaient visiter les bâtiments abritant les services vétérinaires. Regan prit la direction des écuries.

Elle passa de box en box, caressa les chevaux et prit des photos.

— Tu es magnifique, murmura-t-elle devant un splendide étalon blanc.

Elle éclata de rire en le voyant incliner la tête sur le côté alors qu'elle levait son appareil photo.

— Quel cabotin ! Allez, viens me dire bonjour.

L'animal s'ébroua, ses grands yeux sombres fixés sur elle, puis s'avança pour frotter son museau dans sa main et respirer son odeur.

— Dommage, mon grand. Je n'ai même pas de carotte à te donner.

— Il préfère les sucreries.

Au son de la voix de son maître, le cheval releva la tête avec un hennissement joyeux.

— Te voilà tombé sous le charme de Mlle James, plaisanta Jaeger en sortant de sa poche un carré de sucre, qui fut aussitôt gobé.

Regan éclata de rire quand l'étalon se tourna à nouveau vers elle pour renifler dans son cou et quémander ses caresses.

— Comment s'appelle-t-il ?

— Bariq. Le terme arabe pour Éclair.

L'étalon hennit de nouveau, comme pour confirmer.

— Je parie que tu portes bien ton nom, commenta Regan en frottant la joue contre son encolure.

— D'habitude, il ne se laisse pas facilement approcher, observa Jaeger. Vous semblez connaître les chevaux.

— Je les adore, répondit-elle d'une voix soudain étranglée par le chagrin.

Les balades à cheval en famille comptaient parmi les plus beaux moments de son enfance quand ses parents étaient encore en vie. Elle n'était plus jamais remontée depuis.

— Pourquoi cela vous rend-il triste ?

Gênée de s'être laissée aller à manifester sa tristesse, elle détourna la tête.

— Mes parents étaient d'excellents cavaliers. Dès qu'ils avaient un moment, ils nous emmenaient, Chad et moi, pour de grandes randonnées à cheval.

Jaeger lui effleura le bout du nez d'un doigt léger.

— Vous avez de nouvelles taches de rousseur.

Regan frotta l'endroit qu'il venait de toucher avec un petit sourire.

— Habile changement de sujet, Majesté.

— Je n'aime pas vous voir triste, mademoiselle James.

Ne sachant que répondre, elle reporta son attention sur l'étalon. Heureusement, un garçon d'écurie s'avança vers eux.

— Votre Majesté, souhaitez-vous sortir Bariq, aujourd'hui ?

Jaeger hésita, le regard rivé sur Regan.

— Ça vous dit de faire un tour à cheval avec moi ?

— Je ne pense pas… Il y a des années que je ne suis pas montée.

— N'ayez crainte, *habibi*, je resterai près de vous.

— Que faites-vous du président espagnol et de son épouse ?

— Ils viennent de repartir pour l'aéroport, où leur avion les attend. Je les ai déjà salués de votre part.

Ne trouvant aucune autre raison de ne pas profiter de l'instant, Regan esquissa un sourire timide.

— Vous êtes sûr ?

— Absolument.

Un quart d'heure plus tard, Regan fraternisait avec Alsukar, une ravissante jument palomino.

— Ça va ? s'enquit Jaeger en s'approchant.

Il était juché sur Bariq, qui piaffait et soufflait par les naseaux, manifestement pressé de libérer son trop-plein d'énergie.

— Merveilleusement bien !

Elle prit les rênes que le palefrenier lui tendait, logea son pied gauche dans l'étrier et se hissa en selle, impatiente de retrouver les sensations et la joie d'autrefois. Impatiente aussi de se créer de nouveaux souvenirs. Des souvenirs qui ne seraient pas associés à la perte de ses parents. Elle se demanda soudain si ce n'était pas pour cette raison que Jaeger lui avait proposé cette sortie. Puis elle se ravisa aussitôt. Non, il lui avait proposé parce que Bariq avait besoin de se dégourdir les jambes.

Avant de franchir le seuil des écuries, Jaeger amena son cheval contre le sien et se pencha pour lui poser un chèche sur les cheveux et l'ajuster de façon à envelopper le bas de son visage.

— Dès que vous sortez dans le désert, il faut couvrir votre bouche et votre nez.

Regan frémit au contact de ses doigts sur ses joues. Alsukar fit un pas de côté, comme si elle avait perçu sa réaction. Jaeger attrapa les rênes d'une main ferme pour la retenir.

— Merci, murmura-t-elle, osant à peine croiser son regard.

Il hocha la tête et enroula d'une main experte son propre chèche bleu indigo, assorti à ses yeux. Fier et altier, il était beau à mourir, songea Regan, tout en se traitant d'idiote sentimentale.

Ils remontèrent le long d'une crête de sable, étrier contre étrier au départ. Jaeger retenait sa monture pour rester à la hauteur de Regan. Très vite, elle retrouva son assurance et lâcha la bride à Alsukar, pour le plus grand plaisir de Bariq, enfin libre de galoper à travers l'océan de dunes.

Ils firent halte à l'entrée d'un village pour laisser se rafraîchir les chevaux dans une mare alimentée par une source. Ébahie par l'austère beauté de l'endroit, Regan sauta à terre et sortit d'une sacoche l'appareil photo qu'elle avait pris soin d'emporter.

Ils furent bientôt entourés par les habitants venus les saluer. De toute évidence, Jaeger était un chef vénéré, qui traitait son peuple avec bienveillance et respect.

Alors qu'un petit groupe d'hommes s'approchait pour discuter avec leur souverain, Regan s'écarta. Deux fillettes s'approchèrent aussi. Elles portaient avec précaution un plateau chargé de tasses en argile remplies d'eau et lui en proposèrent une.

— *Shukran*, les remercia-t-elle avec un sourire.

Ravies, les fillettes partirent ensuite proposer de l'eau

au roi. Regan ne put s'empêcher d'admirer l'élégance et la gentillesse avec lesquelles il répondit à leur attention, en les gratifiant d'une courbette qui leur arracha des sourires intimidés.

Comme il tournait la tête vers elle, Regan rougit. Savait-il à quel point il la fascinait ? Était-il conscient de l'attirance qu'il exerçait sur elle ? Lisait-il sur son visage la joie qu'elle éprouvait à être ici avec lui ?

Tu es ici uniquement parce que sa sœur a disparu et qu'il accuse Chad de s'être enfui avec elle, lui rappela aussitôt sa conscience.

Intriguée, elle vit un vieil homme s'approcher avec un faucon. Le rapace sauta sur le poing ganté que Jaeger lui tendait. Hypnotisée par la beauté de la scène, elle retint son souffle, leva son appareil photo et déclencha l'obturateur.

Dressant le poing vers le ciel, Jaeger émit un bref sifflement. L'oiseau de proie déploya ses ailes et prit son envol, s'élevant dans les airs en décrivant des cercles, toujours plus haut.

Éblouie, Regan ne pouvait détacher les yeux de l'homme et de l'oiseau qui œuvraient tous deux en parfaite harmonie. Le faucon attendait l'ordre de Jaeger pour plaquer ses ailes le long du corps et piquer vers le sol, fendant l'air à la perfection, avec une confiance absolue dans son maître pour revenir se poser sur son poing levé.

Quand Jaeger tourna vers elle son beau visage et la fixa de son regard bleu hypnotique, elle déclencha de nouveau l'obturateur, puis baissa lentement son appareil photo, captivée. C'était comme s'ils se parlaient en silence. Ils se comprenaient. Il y avait quelque chose entre eux, quelque chose de primitif qui les dépassait. Son pouls s'accéléra au souvenir de leur baiser, des doigts de Jaeger dans ses cheveux, de ses mains encadrant son visage, de sa langue cherchant la sienne… Elle l'imaginait à présent s'approcher, se pencher sur elle, l'envelopper de ses bras ; puis ses lèvres sur les siennes, et…

L'un des habitants vint dire quelque chose à l'oreille du roi, ce qui rompit le charme. La lumière déclinait déjà ; il était temps de rentrer.

— Vous avez pris le soleil, *habibi*, observa Jaeger.

Regan avait les joues brûlantes, mais elle savait que ce n'était pas tant le soleil que les images indécentes qui clignotaient sous son crâne.

— La balade vous plaît ?

— Beaucoup. Cet endroit est magnifique. Comment s'appelle le faucon ?

— Flèche. C'était un oisillon tombé du nid que j'ai trouvé en bas d'une falaise. Je l'ai ramené chez moi et nous sommes devenus bons amis. Mais je n'ai plus guère le temps de l'emmener chasser.

— Que chasse-t-il ?

— Des mulots, des lapins, des petits oiseaux.

— Les araignées aussi ?

— Ne soyez pas si optimiste, *habibi.*

La voyant scruter le sol autour d'eux d'un œil inquiet, il sourit.

— N'ayez crainte. Les petites bêtes ne vous feront pas de mal.

Regan releva les yeux sur lui et, dans l'intimité de l'instant, elle crut, elle espéra qu'il allait l'embrasser.

— Il faut partir, dit-il doucement. Il est tard.

— Bien sûr. Les nuits sont froides dans le désert. Il paraît même qu'il gèle parfois. Enfin, c'est ce qu'on m'a dit.

Une fois de plus, elle jacassait pour masquer sa nervosité, elle le savait. Et à voir le petit sourire en coin de Jaeger, lui aussi le savait.

— Majesté, votre cheval.

Heureuse de cette diversion, Regan se tourna vers le gamin qui amenait leurs montures. Ou, plus exactement, celle du roi.

— Et ma jument ?

— La sortie l'a fatiguée, répondit Jaeger. Elle reste ici cette nuit. L'un de mes hommes reviendra la chercher demain.

Il se mit en selle d'un mouvement athlétique et lui tendit la main.

— Vous monterez avec moi.

*
* *

Regan secoua la tête, désarçonnée. Monter avec lui ? Pas question ! Elle essayait de calmer sa libido, pas de la faire grimper dans le rouge. La seule idée de chevaucher tout contre Jaeger lui donnait la chair de poule. Elle était à la fois chavirée et terrifiée.

— C'est bon. Je peux très bien…

Elle jeta un coup d'œil alentour, dans l'espoir totalement absurde d'apercevoir un autre mode de transport. Elle sentait le regard de Jaeger fixé sur elle.

— Je crains que le dernier métro ne soit passé, mademoiselle James.

— C'est de l'humour local ?

— Pas terrible, j'avoue. Allez. Donnez-moi votre main.

Regan hésitait. Le bon sens lui conseillait de refuser, de se trouver un autre moyen de regagner le haras royal. Peut-être avec l'un des gardes du corps qui les suivaient discrètement à distance… Mais ce serait gaspiller sa salive pour rien, elle le savait. Et puis surtout, pourquoi ne pas se contenter de continuer à vivre le moment présent sans penser au-delà ?

La bouche sèche, elle plaça sa main dans celle de Jaeger. La seconde suivante, elle volait dans les airs et se retrouvait assise derrière lui. Il se retourna pour réajuster son chèche et lui couvrir une bonne partie du visage. Il était si proche qu'elle sentait son odeur légèrement musquée, mêlée à celle du cheval – un mélange aphrodisiaque. La première fois qu'ils s'étaient rencontrés, son instinct lui avait soufflé que cet homme était dangereux et qu'elle devait se sauver. Cette fois, en dépit du danger, il la suppliait de se rapprocher.

— Accrochez-vous à moi, *habibi*. Bariq file comme le vent.

Sans lui laisser le temps d'ouvrir la bouche, il fit pivoter l'étalon sur ses membres postérieurs et le lança au grand galop. Regan n'eut d'autre choix que de suivre son conseil, sous peine de valser dans le décor.

Naturellement, elle ne résista pas cinq secondes avant que le contact des abdominaux d'acier sous ses doigts menace de la rendre folle ; il déclenchait dans les recoins de sa cervelle des images totalement déplacées. Et plus elle essayait de les bannir de son esprit, plus elles le monopolisaient.

Entre ses fantasmes et la chevauchée, elle avait les jambes en coton quand ils arrivèrent aux écuries.

Jaeger sauta à terre et lui tendit les bras. Envoûtée par son regard bleu sombre, elle s'y laissa glisser. Il la retint un instant contre lui, le temps qu'elle récupère son équilibre. Inquiète qu'il puisse deviner son trouble, elle garda les yeux fixés sur sa chemise, soulagée quand l'un des gardes du corps s'approcha pour tendre un téléphone à son souverain.

Libérée, elle appuya la tête contre celle de l'étalon et lui caressa l'encolure du plat de la main. Elle lui murmura des mots doux, le félicita pour sa puissance et sa beauté.

— Attention, *habibi*, il ne faudrait pas que ça lui monte à la tête ! observa Jaeger après avoir raccroché. Bariq a la réputation d'être l'un des pur-sang les plus sauvages du pays. Pourtant, il semble qu'un seul mot de vous le rende aussi doux qu'un agneau.

Regan sourit, sans cesser de caresser les flancs palpitants.

— On le dit sauvage parce que les gens le craignent. Mais ce dont il a besoin, c'est qu'on lui dise à quel point il est merveilleux.

— Comme nous tous, non ? répliqua Jaeger.

La main de Regan s'immobilisa. Était-ce ce dont Jaeger avait lui aussi besoin, qu'on lui dise qu'il était merveilleux ?

— Je viens d'avoir Tarik au téléphone. Nous sommes invités à dîner ce soir par la tribu de mes ancêtres.

— Pour fêter la fin du sommet ?

— Non. Parce que j'ai enfin décidé de me marier.

Face au regard interloqué de Regan, Jaeger précisa :

— Avec vous, *habibi*.

— Mais… Nous n'allons pas vraiment nous marier !

— Pour eux, si.

Regan fronça les sourcils.

— Écoutez, il serait plus raisonnable que je ne me montre pas davantage à votre peuple. Nous jouons cette comédie des fiançailles dans un seul but : vous pour retrouver votre sœur, moi pour éviter à mon frère de finir ses jours dans vos oubliettes.

Un muscle de la joue de Jaeger se crispa comme à chaque fois qu'il était agacé.

— Il n'y a pas d'oubliettes chez moi, mademoiselle James.

Soudain, il lui prit le visage entre les mains et, sans lui laisser le temps de réagir, s'empara de sa bouche.

Suffoquée, Regan resta immobile, plaquée contre lui. Le baiser de Jaeger n'était ni doux ni même attentionné. C'était un baiser dur et exigeant. Elle s'attendait à ce que son esprit se révolte, mais rien ne vint – rien que le frisson du désir cette fois encore, qui la privait de toute velléité de résistance. Alors elle noua les bras autour de sa nuque, puis se dressa sur la pointe des pieds pour riposter à son assaut sensuel avec la même avidité.

Le souffle court, il la plaqua contre le mur du box et lui renversa la tête en arrière pour reprendre le contrôle, calmer le rythme. Doucement, il lui mordilla la lèvre inférieure, avant d'explorer à nouveau sa bouche.

Les lèvres scellées aux siennes, Regan sentait le désir enfler en elle. C'était ce qu'elle attendait, ce dont elle mourait d'envie depuis le soir où il l'avait embrassée. Ce désir, elle ne l'avait jamais ressenti ailleurs que dans les bras de cet homme. Elle avait l'impression de partir à la dérive, emportée par un tourbillon de sensations.

Et soudain, ce fut terminé. Aussi brutalement que ce baiser avait commencé. Comme la fois précédente, Jaeger la repoussait, la laissait chancelante, haletante, le corps frémissant d'une douloureuse frustration. Il jura entre ses dents.

Un garçon d'écurie apparut, ce qui les obligea à se ressaisir. Regan glissa un coup d'œil à Jaeger. Cette fois, il ne semblait pas totalement insensible à ce qui venait de se passer entre eux. Il avait l'air presque surpris.

Lentement, il secoua la tête.

— Raisonnable ou non, nous n'avons pas le choix, dit-il, reprenant le fil de leur conversation comme si de rien n'était. Les membres de ma tribu le prendraient comme une insulte si nous déclinions leur invitation à dîner. Nous passerons la nuit dans mon oasis avant de retourner au palais demain matin.

— Votre oasis ?

— Oui. L'endroit où je m'isole quand j'ai besoin de me détendre.

9.

Quand comprendras-tu que ce n'est pas en l'embrassant que tu réussiras à te désintoxiquer de cette femme ?

Jaeger s'engouffra sous la tente bédouine installée au milieu des palmiers, au bord d'un bassin naturel creusé dans la roche par l'eau et le vent.

D'ordinaire, il éprouvait ici un sentiment de paix dès qu'il ôtait ses costumes et tenues royales pour renouer avec l'homme du désert qu'il était réellement. Mais pas ce soir.

Il n'aurait pas dû se laisser contrarier par les paroles de sa belle Américaine. Tout était parti de là. Il n'avait pas l'habitude d'entendre quelqu'un mettre en doute la sagesse de ses décisions. Et il détestait qu'elle lui rappelle qu'ils se servaient l'un de l'autre, même si c'était vrai. Chevaucher Bariq avec cette femme collée à son dos n'avait rien arrangé non plus. Si sa main avait glissé un peu plus bas, elle se serait vite aperçue qu'elle le rendait fou de désir.

Tout en se demandant ce qu'elle pensait de ses nouveaux quartiers – peut-être aurait-elle préféré un hôtel cinq étoiles ? –, il troqua sa chemise et son jean pour la djellaba et le chèche traditionnels propres à sa tribu. Puis il sortit.

Le soleil était sur le point de disparaître, empourprant l'horizon de ses derniers rayons. Un bruit dans son dos le fit se retourner.

Regan était là, vêtue d'une longue tunique aux couleurs éclatantes, coiffée d'un voile flottant jusqu'à terre.

Dès qu'ils étaient arrivés, les femmes du village avaient accaparé celle qu'elles croyaient être leur future reine pour la maquiller selon la tradition. Le résultat était stupéfiant.

Couverte de la tête aux pieds, elle était cependant plus sensuelle que jamais. En dépit de son teint clair, elle semblait née pour être ici. Née pour lui.

Troublé par cette dernière réflexion, qui ne lui ressemblait pas, Jaeger fit la moue.

— J'ai essayé de leur dire d'y aller doucement sur le khôl et le henné, marmonna aussitôt Regan avec une grimace. Vous trouvez que j'ai l'air d'être déguisée pour Halloween, hein ?

Jaeger éprouva un pincement au cœur en voyant son expression chagrine.

— Je vous trouve superbe, Regan. J'avais simplement autre chose à l'esprit.

— Ça n'avait pas l'air très gai. Ce site paradisiaque ne prête pourtant pas à la mélancolie.

— Le côté spartiate ne vous gêne pas ?

— Vous voulez rire ! Chez moi, les gens paieraient une fortune pour vivre une telle expérience. Je ne pensais pas que les tentes étaient équipées de façon aussi confortable.

— Vous avez droit à la version luxe. Venez, nous avons un peu de route jusqu'au village, ajouta-t-il en désignant le 4x4 qui les attendait.

— On ne prend pas les chameaux ?

Il ne put retenir un sourire.

— La tradition a des limites.

Alors qu'il tenait la portière ouverte à Regan, le voile de celle-ci s'enroula autour de son bras. Quand il se pencha pour dégager sa main, il faillit enfouir les doigts dans la chevelure de la jeune femme et, oubliant toute prudence, amener de nouveau sa bouche vers la sienne. Il lui fallut faire appel à toute sa volonté pour se retenir.

Après quelques minutes de trajet, ils pénétrèrent sous un immense chapiteau dressé pour l'occasion. Des tables basses étaient disposées en cercle, avec des coussins répartis un peu partout.

Regan salua leurs hôtes, radieuse, essayant de s'adresser à eux dans la langue locale dont elle avait déjà appris plusieurs phrases. Elle semblait s'être éprise de cette terre en quelques jours seulement. Tout comme le peuple de Santara tombait sous son charme à la seconde où elle apparaissait.

Le chef de la tribu les conduisit à la table d'honneur. En voyant les sourires approbateurs sur les visages tournés vers eux, Jaeger se demanda si Regan n'avait pas eu raison d'hésiter à accepter l'invitation pour ne pas pousser plus loin cette supercherie des fiançailles. Il aurait sans doute pu assister seul à cette soirée, mais une fois de plus, il avait pris sa décision contre toute logique. Il avait voulu garder Regan près de lui alors même que ce n'était plus nécessaire…

Bon sang ! Il devait à tout prix se ressaisir et garder les idées claires. Ce qui était nécessaire, c'était de retourner au palais et de se recentrer sur l'essentiel : la gouvernance du royaume, et retrouver Milena.

— Comment vous sentez-vous, *habibi* ? Nerveuse ? Ce soir encore, vous voilà la cible de tous les regards.

— Ça va, répondit Regan en jetant un regard circulaire sur les hommes et les femmes de la tribu rassemblés autour d'eux. À force de me cantonner à ma routine habituelle métro-boulot-dodo, sans jamais sortir de ma zone de confort, je m'aperçois que je vis dans un monde terriblement étriqué par rapport au vôtre. Cela dit, je me demande comment vous faites pour être sur tous les fronts, passer d'un sommet international à une soirée comme celle-ci et répondre sans cesse aux sollicitations des uns et des autres. Ce ne doit pas être tous les jours facile, même si vous avez été éduqué pour.

— C'est parfois compliqué, reconnut Jaeger, ce qu'il n'avait pas l'habitude d'exprimer à voix haute. Mais le plus dur, c'est d'être confronté à des problèmes pour lesquels je n'ai pas de réponse claire.

Notamment depuis que Regan l'avait amené à s'interroger sur sa relation avec Milena. S'était-elle enfuie avec Chad James parce qu'elle avait peur de lui parler ? Peur de lui dire qu'elle ne voulait pas de ce mariage avec le prince héritier ?

— On a le droit de se tromper de temps en temps, observa doucement Regan.

Non, il n'avait pas le droit de se tromper, quand tout un peuple dépendait de ses décisions.

Le rythme de la musique s'intensifia, coupant court à cette conversation. Une bonne chose, car cette étonnante jeune Américaine le poussait à trop se dévoiler.

Les danseurs avaient envahi la tente, bondissaient, tapaient dans les mains, et, malgré ses doutes sur l'opportunité de sa présence, Regan décida de profiter de la soirée. Elle n'était pas près de revivre une telle expérience.

Bien sûr, ça aurait été plus simple si l'homme à côté d'elle ne l'avait pas autant troublée, mais elle n'y pouvait rien. La réaction de son corps était celle d'une femme cent pour cent *normale*. Dommage que ce ne soit pas lui aussi un gars normal, le genre de gars ordinaire croisé dans le jardin public à côté de chez elle. Non, c'était le roi de Santara, et Chad s'était enfui avec sa sœur.

Regan réprima un soupir. Ne restait plus qu'à espérer que Chad revienne vite pour en finir avec cette situation absurde et reprendre une vie normale. À supposer que ce soit encore possible après la façon dont Jaeger l'avait embrassée... Aussitôt, une myriade de papillons prirent leur envol dans son estomac, tandis que ses yeux se posaient distraitement sur les longues mains brunes de Jaeger, qu'il agitait en parlant avec son voisin. Ses poignets étaient solides, ses avant-bras musclés, couverts d'un duvet brun. Tout en lui dégageait une virilité qui la rendait folle de désir.

Je suis amoureuse de lui, réalisa-t-elle avec désarroi.

Sans doute laissa-t-elle échapper un petit gémissement car il se tourna vers elle.

— *Habibi,* qu'y a-t-il ?

— Rien, tout va bien.

Son froncement de sourcils indiquait clairement qu'il en doutait, mais elle le dissuada d'insister en applaudissant vigoureusement l'arrivée d'une troupe de danseuses enveloppées de voiles multicolores.

Non, tu n'es pas amoureuse du roi, se dit-elle pour se rassurer. *Tu es seulement victime d'un grave accès de désir pour un homme qui connaît l'art de court-circuiter le cerveau d'une femme d'un simple baiser.*

Elle n'était pas la première – et certainement pas la dernière – à se croire amoureuse de Jaeger. Pour preuve, la princesse Alexa semblait être dans le même état. Une seule rencontre avec lui et elle avait déjà le cœur brisé à l'idée de l'avoir perdu.

Regan nota une discrète crispation de ses mâchoires ; elle s'étonna de ce signe de tension alors que se déroulait sous leurs yeux un spectacle magnifique. Ce fut alors qu'elle réalisa : les voiles, l'ondulation des hanches, le charme sensuel qui s'en dégageait... C'était une danse amoureuse !

L'une des danseuses sortit du cercle. Regan retint son souffle, avant de lâcher un discret *ouf* de soulagement en la voyant s'approcher d'une jeune femme dans le public, qu'elle encouragea sous les applaudissements à se joindre au groupe.

— Pitié, dites-moi qu'elles ne vont pas venir me chercher pour danser, chuchota Regan.

Le regard de Jaeger croisa le sien et lui offrit la réponse. Elle secoua la tête.

— Je suis nulle en danse. Je n'ai aucune coordination.

— Faux. Je vous ai vue monter à cheval.

— Ça n'a rien à voir avec la danse. Si je me ridiculise, je peux toujours blâmer le cheval.

Jaeger éclata de rire.

— *Habibi*, je...

Il n'eut pas le temps de terminer qu'une des danseuses se matérialisa devant Regan en lui faisant signe de venir.

Oh ! Seigneur ! Je vais mourir de honte.

Comme elle se levait lentement, Jaeger saisit sa main.

— Rien ne vous y oblige.

C'était gentil de sa part, mais Regan savait qu'elle s'en voudrait de ne pas le faire. Pas seulement parce que son refus décevrait tous ces gens qui la regardaient en souriant, mais aussi parce que c'était l'occasion de se prouver qu'elle était capable de sortir de sa réserve ; de se libérer de sa peur du jugement des autres ; de se libérer de sa crainte de mal faire.

— Ça ira, murmura-t-elle avec plus de courage qu'elle n'en éprouvait.

Elle suivit la danseuse et accepta la longue écharpe de mousseline que celle-ci lui offrait. D'abord raide et maladroite, elle se mit à bouger, consciente des regards. Peu à peu, comme par miracle, la musique sensuelle s'insinuait en elle, envahissait son corps. S'exhortant à ne pas avoir peur, elle leva les bras au-dessus de la tête et se mit à onduler des hanches avec lenteur, langueur. Elle en oublia la foule. Son cœur battait au rythme de la musique. Elle ferma les yeux et s'abandonna. Le baiser échangé avec Jaeger envahit son esprit. Ses seins se dressèrent au souvenir de son corps dur plaqué contre le sien, de sa bouche qui dévorait la sienne, la goûtait, l'excitait. Elle fit alors l'erreur d'ouvrir les yeux et de plonger dans son regard indigo. Le désir qu'elle y lut était si violent qu'il lui coupa le souffle.

Elle avait l'impression de se consumer sous le feu bleuté de ses yeux. Et tandis que son corps ondulait au rythme lancinant de la musique, l'écharpe flottait entre eux, provocante. D'un geste vif, Jaeger en saisit l'extrémité. Puis, comme dans un film au ralenti, elle le vit enrouler lentement la mousseline autour de son poignet. Il l'attira alors inexorablement vers lui.

— Regan.

Sa voix était rauque, son regard aussi brûlant que le soleil du désert. Et elle n'avait qu'une seule réponse à lui donner.

— Oui.

Jaeger se leva. Il la dominait de toute sa hauteur. Sa tenue traditionnelle le faisait paraître encore plus impressionnant.

La musique cessa, le brouhaha des voix s'estompa.

Subjuguée, Regan ne cilla pas quand il prit sa main pour la conduire hors de la tente, dans un silence absolu. Arrivé à la voiture, il congédia le chauffeur d'un bref signe de tête. Elle hésita devant la portière côté passager qu'il lui tenait ouverte. S'obligeant à relever les yeux sur lui, elle demanda d'une voix cassée par l'anxiété :

— Il faut que je sache… Vous allez m'embrasser et me repousser à nouveau ?

Parce que cette fois elle ne le supporterait pas.

Du bout des doigts, il effleura sa joue.

— J'ai essayé. Ça ne marche pas.

La gravité dans son regard la fit frissonner. Elle lui offrit un sourire tremblant et monta dans le 4x4.

Le véhicule avala en un rien de temps la distance qui les séparait de l'oasis. Ni l'un ni l'autre ne parlaient. L'air s'était épaissi entre eux. Penser était tout aussi impossible.

Jaeger l'entraîna sous la tente royale. Puis il lui saisit les poignets et l'attira doucement à lui sans la quitter des yeux, comme si ce regard était un lien entre eux. À la seconde où leurs lèvres se frôlèrent, Regan sentit la pulsation du désir au creux de son ventre. Elle ferma les yeux, puis enroula les bras autour de sa nuque et l'embrassa sans retenue.

Elle poussa un gémissement de protestation quand il s'arracha à ses lèvres pour l'emmener au fond de la tente, où il la fit asseoir sur un immense matelas. D'un geste ample, il fit passer sa djellaba par-dessus sa tête et se tint face à elle, vêtu d'un simple pantalon de coton laissant peu de place à l'imagination.

Regan ne pouvait s'empêcher de le dévorer des yeux. Il était si beau ! Les épaules larges, les hanches étroites, les jambes longues et puissantes.

— Cette fois, je ne m'arrêterai pas, *habibi.* Sauf si tu me le demandes.

Le cœur de Regan cognait comme un dément contre ses côtes. Elle devait peut-être s'arrêter là, elle devait peut-être dire non, mais elle en était incapable. Parce que sous la façade arrogante, froide et autoritaire, elle avait découvert un autre homme – sa douceur avec les chevaux et son faucon, sa gentillesse à l'égard de son peuple. Elle éprouvait pour lui un mélange de respect et d'émerveillement et elle l'aimait. Profondément. Désespérément. Aussi terrifiant que cet amour puisse être.

— Ne t'arrête pas, Jaeger. Je te veux.

Ses mots avaient un sens bien plus profond que celui

qu'il leur accorderait, elle en était consciente. Sans doute commettait-elle la pire folie de sa vie. Mais quand il lui tendit la main, le regard chargé de mille promesses, elle ne se soucia plus d'être raisonnable.

— Alors, approche, *habibi*.

10.

Jaeger ne put réprimer un frisson quand Regan se leva et vint vers lui. Il n'était pas certain de réussir à contenir son désir encore bien longtemps car il était excité à l'extrême. Mais il ne voulait pas la posséder brutalement, rapidement. Il ne s'agissait pas de perdre le contrôle. *Surtout ne pas la brusquer, ne pas l'effaroucher,* s'exhorta-t-il. Il voulait qu'elle vienne à lui. Il voulait qu'elle le désire autant qu'il la désirait.

Elle s'immobilisa à quelques pas de lui, le regard lumineux dans la douce lumière des bougies. Il leva les mains pour ôter les épingles qui retenaient le voile dans ses cheveux.

— Tourne-toi.

Silencieuse, elle obéit. Il dénoua les lacets qui fermaient sa tunique, parcourant des yeux la courbe de son dos, depuis son cou droit et fin jusqu'au bas de ses reins. Elle ne portait pas de soutien-gorge. Un frisson la secoua.

— Tu as froid ? demanda-t-il.

Elle secoua la tête et s'abandonna contre son torse. Il repoussa sa chevelure sur le côté pour poser un baiser à la jonction de sa nuque et de ses épaules. Doucement, il fit glisser la tunique le long de ses frêles épaules et retint son souffle quand le vêtement tomba au sol.

— Et maintenant, retourne-toi, *ya amar.* Laisse-moi te contempler.

Lentement, elle fit ce qu'il lui demandait, son petit menton légèrement relevé. Elle se tint face à lui, vêtue d'une minuscule culotte de soie noire.

Il avait fréquenté beaucoup de femmes. Des femmes qui lui plaisaient et qu'il avait même admirées. Sa vie sexuelle avait toujours été bien remplie, mais jamais il n'avait senti le désir l'incendier aussi fort. Aucune femme n'avait déclenché chez lui ce besoin irrépressible de la posséder, de la marquer, de la faire sienne pour toujours.

Regan James était unique.

— Tu es très belle.

Il mémorisa du regard chaque détail de son corps fin et délié : ses épaules droites, sa poitrine menue aux seins ronds et fermes, sa taille étroite, la courbe de ses hanches et ses jambes – des jambes longues comme des lianes, faites pour s'enrouler autour de lui et le retenir.

Incapable de résister, il la plaqua contre lui, savoura le contact de ses seins contre son torse.

Elle agrippa ses épaules et se hissa vers sa bouche.

— S'il te plaît, embrasse-moi.

Il s'empara de ses lèvres pour un baiser ravageur, promesse de la passion avec laquelle il avait l'intention de posséder son corps.

Délicatement, il prit ses seins dans les mains et en fit rouler les pointes entre ses doigts. À son gémissement, il comprit qu'elle se donnait à lui, tout entière. Se cramponnant à son cou, elle se pressa contre lui et grimpa littéralement autour de son corps, jusqu'à lui encercler la taille des jambes, la poitrine à hauteur de sa bouche.

— *Habibi,* ravi de te rencontrer, dit-il en riant.

Il se pencha et interrompit son éclat de rire en taquinant ses mamelons du bout des dents. Les mains dans ses cheveux, elle se tordit de plaisir entre ses bras. Il voulait lui donner ce plaisir. Il voulait *tout* lui donner.

Elle haletait à présent. Elle resserra les cuisses autour de lui tandis qu'il accentuait le supplice, affolait du bout de la langue la pointe de ses seins.

La sentir proche de l'orgasme faillit lui faire perdre le contrôle. Fébrile, il l'allongea sur le lit et tenta de calmer le jeu. Mais elle se souleva pour lui prendre le visage entre les mains et attirer sa bouche vers la sienne.

— Attends, grommela-t-il tandis que ses doigts se glissaient sous la ceinture de son pantalon.

Elle était en train de le rendre fou. Il fallait qu'il s'écarte, le temps de se ressaisir. Mais elle n'écoutait pas. Scellant ses lèvres aux siennes, elle chercha sa langue, tout en l'électrisant de ses doigts audacieux, menaçant son légendaire self-control.

— Je ne veux plus attendre, chuchota-t-elle dans son cou. J'ai envie de toi… Envie de toi en moi.

— Si tu vas trop vite, ce sera terminé avant même d'avoir commencé.

— Je m'en fiche. Je veux…

Il lui emprisonna les poignets d'une main et lui releva les bras au-dessus de la tête, tandis que de sa main libre il se débarrassait de son pantalon.

— Je sais ce que tu veux, *habibi.*

Il s'allongea sur elle, la clouant sous son corps. Avec un gémissement, mélange d'impatience et de nervosité, elle écarta les jambes, leva les hanches vers lui.

— S'il te plaît…

Alors, il s'enfonça en elle, profondément, puissamment. Elle tressaillit. Il s'immobilisa.

— Ça va ?

Regan hocha la tête. Un éclair d'étonnement traversa son regard.

— Tu es si… Oh ! c'est merveilleux.

Il se retira légèrement, puis s'enfonça en douceur cette fois, sans rien précipiter pour lui laisser le temps de s'adapter à lui, au poids de son corps sur le sien, à la dureté de sa virilité contre la douceur de sa féminité. Pour la laisser s'habituer aux sensations. Instinctivement, elle cambra les reins pour aller à sa rencontre. Il perçut les premiers spasmes de sa jouissance autour de son sexe. Il se figea, tendu par la retenue qu'il s'imposait. Soudain, une fulgurance lui traversa l'esprit :

— Tu te protèges ?

Comment avait-il pu ne pas y penser plus tôt ? Regan hocha la tête.

— Je prends la pilule, chuchota-t-elle. Je n'ai couché qu'avec un seul garçon, il y a des années. Et je te fais confiance.

Étaient-ce ces derniers mots qui firent bondir le cœur de

Jaeger dans sa poitrine et le firent basculer ? Ou peut-être la façon dont elle enroula les jambes autour de sa taille, l'obligeant à plonger en elle plus loin encore.

Il ferma les paupières, gémit, frissonna, et alors le monde autour de lui cessa d'exister. Il ne pensait plus à rien, ne contrôlait plus rien, envoûté par le corps de Regan, par cette preuve suprême de confiance qu'elle lui accordait. Elle était si étroite… La sensation était divine, de même que la douceur satinée de sa peau contre la sienne, les battements frénétiques de son cœur comme s'il battait en lui, l'oscillation de ses hanches sous le plaisir, les contractions de son corps autour de son sexe.

Lorsque les ondes de l'orgasme qui la parcouraient se répandirent dans son propre corps, il se dit qu'il n'avait jamais rien vécu de tel. Elles s'intensifièrent jusqu'à ce qu'il s'abandonne à son tour et la rejoigne dans l'extase, hors d'haleine, à bout de forces, le visage enfoui dans ses cheveux.

En s'éveillant, Jaeger perçut la chaleur du corps lové contre le sien, un bras posé en travers de son torse, une jambe calée sur sa cuisse.

Il dormait rarement une nuit entière. Le sommeil était un luxe qu'il s'autorisait par intermittence. Pourtant, il n'avait aucune envie de quitter le lit. Peut-être parce que la femme nichée contre lui lui avait donné plus de plaisir qu'aucune autre avant elle…

Aussitôt, le désir rejaillit, intact. Sans doute Regan le perçut-elle confusément car elle laissa échapper un petit soupir endormi et se blottit plus étroitement contre lui.

Jaeger sourit. Il repoussa une boucle de son front. Il adorait sa chevelure. Sa teinte et sa texture, une cascade de soie qui chatoyait sous le soleil.

Il ne voulait pas la réveiller. Sans doute éprouverait-elle une sensibilité douloureuse après des années d'abstinence. Qu'elle n'ait eu qu'un seul amant avant lui et si peu d'expérience ne lui déplaisait pas. Il avait tenu dans ses bras de nombreuses femmes expertes dans l'art d'exciter un homme, mais aucune ne s'était offerte à lui comme Regan, aussi ardemment, de tout son cœur, de toute son âme. En revanche, il n'était pas certain d'apprécier ces émotions nouvelles qu'elle éveillait en lui — une faim dont l'excès même le rendait vulnérable. Trop vulnérable. Il se sentait à vif. Comme si Regan avait fait sauter un verrou et libéré des sentiments qu'il avait longtemps refoulés pour ne pas souffrir de la perte, du manque, du besoin.

Les paroles de Zumar refirent surface dans son esprit : « Le cœur a ses raisons que la raison ne connaît point. » Non, n'en déplaise à son cuisinier en chef, le cœur n'avait rien à voir. Ce n'était qu'une question de sexe. Du très bon, du super sexe.

Regan remua le bras, comme si elle cherchait quelque chose dans son sommeil. Lui ? Il passa la main sur ses cheveux. Pour la rassurer, lui faire savoir que tout allait bien. Même s'il n'en était pas si certain.

— Jag ?

Elle battit des paupières et se redressa sur un coude, le regard ensommeillé.

— Il fait déjà jour ?

— Non. L'aube se lève à peine.

Son bon sens lui conseillait de l'éloigner à présent. De ne pas la retenir dans son lit.

— Je ferais mieux de retourner sous ma tente, murmura-t-elle comme si elle avait deviné.

Il aurait aimé pouvoir acquiescer d'un simple hochement de tête. Mais il en fut incapable.

— Mauvaise idée, *habibi*, dit-il en la faisant rouler sous lui. J'ai d'autres projets pour toi.

Elle poussa un petit cri quand il lui releva les mains au-dessus de la tête, puis la confusion dans ses yeux céda la place à un désir aussi féroce que le sien. Alors, il s'empara de sa bouche et recueillit son gémissement de plaisir, tandis que ses doigts s'aventuraient entre ses cuisses. Il s'étonna de trouver son corps déjà brûlant et prêt pour l'amour.

— Je ne connais pas de femme plus sensuelle que vous, mademoiselle James, murmura-t-il contre sa bouche.

Il la pénétra d'un coup de reins fluide et puissant. Puis, la tenant étroitement serrée contre son torse, il bascula sur le dos et l'installa à califourchon sur lui. Elle s'agrippa à ses épaules et il souleva les hanches pour plonger plus profond au cœur de son intimité. Il la possédait tout entière, son regard rivé sur elle. Il s'obligea à refréner son ardeur tant il se délectait des émotions qui traversaient son beau visage. Il la fit gémir, soupirer, pleurer, sous l'intensité du plaisir qu'il lui donnait. Il lui maintint les hanches pour la forcer à goûter chacune des vagues délicieuses de la jouissance, avant de se laisser emporter à son tour là où il n'avait été avec aucune autre femme.

Regan pressa le déclencheur à l'instant où le couple de faucons prenait son envol. Un bruit dans son dos lui fit tourner la tête : Jaeger franchissait la dune qui surplombait l'oasis.

Pas plus tard que la veille, si quelqu'un lui avait dit qu'elle serait aussi désinhibée au lit avec un homme, elle lui aurait ri au nez. Avec Jaeger, pour la première fois de sa vie, elle se sentait enfin libre d'être elle-même. Quelque chose chez lui la libérait de ses craintes et de ses complexes.

Durant la matinée, elle s'était efforcée de ne pas trop réfléchir à leur relation. À quoi bon ? Ils avaient vécu ensemble une folle nuit d'amour, point. Certes, il lui avait demandé de passer la journée ici avec lui au lieu de rentrer au palais comme prévu, mais ça n'avait rien d'extraordinaire. Un homme qui travaillait comme un forçat avait le droit de s'autoriser un jour de repos de temps à autre. De toute façon, Jaeger avait été très clair dès le départ sur sa conception de l'amour et des relations homme-femme. Une conception totalement opposée à la sienne. Alors, inutile de fantasmer. D'autant que le problème de la disparition de sa sœur avec Chad n'était toujours pas réglé.

— Je peux voir ? demanda-t-il en désignant l'appareil photo.

Regan le lui tendit. Elle le regarda faire défiler les photos et s'arrêter sur sa préférée, celle de la veille, alors qu'il tournait la tête dans sa direction, le faucon sur le poing.

— Je l'ai prise en me demandant à quoi tu pensais à cet instant, dit-elle.

Elle espérait qu'il ne devinait rien de la profondeur de ses sentiments. Ce serait atrocement gênant s'il découvrait qu'elle était irrémédiablement tombée amoureuse de lui.

— Je ne me souviens pas, répondit-il en lui rendant l'appareil. Tu as du talent.

— Inutile de me flatter, Majesté, puisque vous m'avez déjà mise dans votre lit.

Son humour pince-sans-rire le fit sourire.

— Je le pense vraiment, insista-t-il.

Il la serra contre lui pour un rapide baiser.

— Preuve que le tout-puissant roi de Santara ne sait pas tout. Tu connais Robert Doisneau ?

Jaeger haussa les sourcils.

— Robert qui ? Je dois m'inquiéter de cet homme ?

— Mais non ! dit Regan en riant. C'est un célèbre photographe. Lui, il a du talent. Adolescente, je suis tombée sous le charme d'une de ses photos. Un couple s'embrassant sur un trottoir parisien. Il y avait une telle magie, une telle sincérité dans ce baiser. L'homme et la femme avaient l'air si amoureux. Comme s'ils ne pouvaient attendre d'être à l'abri des regards pour s'embrasser.

Elle suivit des yeux le couple de faucons. Ils planaient à présent au-dessus de leurs têtes, leurs ailes brunes déployées sur le bleu du ciel, en parfaite harmonie, image même de l'amour. Cet amour que ses parents avaient partagé et qu'elle pensait ne jamais connaître. Jusqu'à la nuit dernière dans les bras de Jaeger. Une nuit qui avait éveillé chez elle un besoin d'amour encore plus vif. Un besoin insensé.

Elle laissa échapper un petit rire d'autodérision.

— J'avais deux rêves : être photographe et visiter Paris. Je n'en ai réalisé aucun.

— Ça peut toujours se faire.

— Visiter Paris, peut-être. Devenir photographe, non. J'adore mon métier d'institutrice. Mon passe-temps préféré consiste à prendre un portrait de chaque élève durant l'année scolaire pour le lui offrir le jour de son anniversaire. Je ne suis pas certaine que j'éprouverais autant de joie si j'étais photographe professionnel. Regarde ! Les faucons se tournent autour. On dirait qu'ils dansent.

— Ils ne dansent pas, rectifia Jaeger. C'est une parade nuptiale.

Regan retint son souffle en lisant le désir brut dans les deux éclats de ciel rivés sur sa bouche.

— Les faucons s'accouplent pour la vie, *habibi*. Une fois qu'ils font leur nid ensemble, ils ne se quittent plus jamais.

— Très romantique, commenta-t-elle, la gorge sèche.

Ils regardèrent les faucons raser la surface de l'eau au-dessus du bassin.

— Ça aussi, c'est romantique, dit Jaeger en inclinant la tête vers elle. Viens nager avec moi.

Étendue sur la rive, à l'ombre d'un palmier, la tête sur les cuisses de Jaeger, Regan contemplait le beau visage de son amant, qu'elle ne se lassait pas d'admirer.

Cette journée avec lui avait été merveilleuse – ils avaient fait l'amour dans l'eau puis ici, sur la rive –, mais elle était consciente que la réalité n'allait pas tarder à les rattraper.

— À quoi penses-tu, *habibi* ?

— À toi.

Elle sentit les muscles de ses cuisses puissantes se contracter sous sa joue. Jaeger se pencha sur elle.

— À quoi plus précisément ?

Elle glissa les doigts dans ses cheveux bruns. Elle aimait la façon dont ses iris bleus s'assombrissaient quand il la regardait.

— Je me disais que tu n'étais pas si effrayant.

— Tu es sûre ?

— Absolument. Tout compte fait, tu es un gros chat.

— Vraiment ?

Regan poussa un petit cri de plaisir quand il écarta son sarong, une lueur sans équivoque dans les yeux.

— Je vais te montrer quel genre de matou je suis.

— Tu es sûr que personne ne peut nous voir ?

— Certain, répondit Jaeger en affolant du bout des dents la pointe de ses seins. Cette oasis est zone interdite, *ya amar*.

— Ton paradis privé.

Elle hoqueta quand il sema une pluie de baisers brûlants sur sa poitrine, puis plus bas, sur son ventre.

— Je crois que je vais t'appeler ainsi, murmura-t-il en lui écartant doucement les jambes. Mon paradis privé…

Excitée par son souffle entre ses cuisses, Regan se cramponna à ses épaules. Elle frissonnait des pieds à la tête tandis qu'il l'emmenait au septième ciel, dans son propre paradis.

Quand Regan rouvrit les yeux, après s'être assoupie, le soleil s'était déplacé. Assis sur un rocher au bord du bassin, Jaeger contemplait le ciel. Alors, elle prit le temps de l'observer, de l'apprendre par cœur pour pouvoir conserver son image – les lignes de son corps mince et musclé, son profil pur. Des souvenirs pour plus tard, quand il ne serait plus là.

Quand il tourna la tête, leurs regards s'enchaînèrent dans un moment d'intimité intense ; aussi intense que quelques instants plus tôt, quand ils faisaient l'amour.

Regan rougit. À quoi pensait-il ? Elle n'osait lui demander.

Il lui tendit la main. Elle adorait cette façon qu'il avait de lui offrir sa main, comme si c'était la chose la plus naturelle du monde. Comme si elle était pour lui la personne la plus précieuse sur cette terre.

Tremblant d'émotion contenue, elle rajusta le sarong sur sa poitrine et s'approcha. Avec un sourire, il la fit asseoir entre ses jambes, le dos contre son torse. Comme elle tournait la tête pour quémander un baiser, la sonnerie du portable retentit.

Jaeger se pencha pour prendre le téléphone avec une grimace ennuyée et décrocha. Regan sentit immédiatement la tension dans son corps. Lentement, il se redressa et s'éloigna.

Regan comprit avant même qu'il se tourne à nouveau

vers elle, une lueur glaciale dans les yeux, là où quelques secondes plus tôt il n'y avait que chaleur et désir.

— Ils sont revenus ?

Il confirma d'un hochement de tête.

— Il est temps de te rhabiller.

11.

Le trajet en hélicoptère jusqu'au palais se déroula dans un silence oppressant, chacun enfermé dans ses pensées.

Regan était morte d'inquiétude. Elle priait pour retrouver Chad sain et sauf. Elle n'osait imaginer ce qui avait pu se passer et de quelle façon réagirait l'homme à côté d'elle. L'amant tendre et passionné s'était brusquement volatilisé, remplacé par le souverain autoritaire et froid de leur première rencontre. Ils avaient passé un marché. Jaeger l'honorerait, elle en était certaine. Mais après ?

À l'arrivée, il sauta au sol et l'aida sans un mot à se baisser pour passer sous les pales du rotor. Puis il la lâcha et la devança dans l'allée qui conduisait au palais, ce qui donna à Regan l'occasion d'expérimenter cet aspect du protocole consistant à marcher deux pas derrière le roi ; voire quatre. Il lui fallait presque courir pour ne pas se laisser distancer davantage.

Au bout d'un interminable couloir, Jaeger poussa deux lourdes portes et, sans ralentir l'allure, s'avança vers sa sœur, qu'il serra dans ses bras à l'étouffer.

Regan s'immobilisa sur le seuil, l'estomac noué par l'angoisse, puis elle aperçut la silhouette longiligne de son frère.

— Chad ! s'écria-t-elle en se précipitant vers lui pour se jeter à son cou. J'étais si inquiète.

— Moi aussi, sœurette.

Regan tourna un regard anxieux vers Jaeger, qui regardait à présent fixement Chad. La tension dans la pièce grimpa en flèche.

— J'attends vos explications, monsieur James.

— Chad n'a rien fait, c'était mon idée ! s'interposa aussitôt la princesse, qui posa une main sur le bras de son frère.

Il reporta sur elle ses yeux couleur de ciel d'orage.

— C'était quoi exactement, ton idée ?

— C'est une longue histoire, soupira la jeune femme. J'ai fait une erreur et j'en suis désolée. Mais d'abord…

Son regard de biche dériva sur Regan.

— Vos fiançailles, c'est sérieux ? Chad disait que c'était absurde, mais ce doit être vrai puisque vous portez le bijou de famille le plus précieux de la collection.

Médusée, Regan baissa les yeux sur la bague de fiançailles à son doigt, puis les releva sur Jaeger, dont le beau visage resta de marbre.

— Reggie… Comment est-ce possible ? bredouilla Chad.

Elle secoua la tête, sidérée que Jaeger lui ait confié un bijou d'une telle valeur.

— Il y a des questions plus importantes à régler, trancha sèchement Jaeger. Où étiez-vous, bon sang ?

Milena blêmit, visiblement impressionnée par la colère de celui qui était en cet instant plus son souverain que son grand frère.

— Calmons-nous, intervint Regan. Vous êtes de retour, sains et saufs, c'est l'essentiel.

— Reste en dehors de ça, lui lança Jaeger, cruel. Je traiterai cette affaire comme je l'entends.

Elle sentit aussitôt Chad se mettre à bouillir à côté d'elle.

— Vous ne devriez pas parler ainsi à Reggie. Ce n'est pas correct.

— Je me moque de ce qui vous semble correct ou pas, déclara Jaeger en le crucifiant du regard. Si vous avez compromis ma sœur, je vous ferai regretter le jour où vous avez posé le pied sur le sol de Santara.

— Moi aussi, je vous le ferai regretter si vous avez compromis la mienne !

— Chad ! s'écria Regan, stupéfaite de le voir prendre sa défense aussi farouchement. Tu ne sais pas de quoi tu parles.

— Vraiment ? dit-il en bombant le torse. Il s'est forcément

passé quelque chose entre vous. Il suffit de voir la façon dont il te regarde.

La façon dont il me regarde ? Pour l'instant, Jaeger la regardait comme il aurait regardé un chewing-gum collé à sa semelle.

— Ce qui s'est passé entre moi et votre sœur ne vous concerne pas, répliqua Jaeger avec une douceur menaçante.

Chad ne hissa pas le drapeau blanc pour autant.

— Si, ça me concerne ! J'ai du mal à croire qu'elle soit ici avec vous de son plein gré.

— Chad, arrête ! implora Regan. Ce n'est pas le sujet. Tu as disparu avec la princesse Milena pendant deux semaines, il est normal que le roi réclame des explications. Et moi aussi.

— Je m'en veux tellement, bredouilla Milena. Tout est ma faute.

Jaeger cherchait visiblement à contenir sa colère. Le cœur de Regan se serra, car elle savait pourquoi il s'était tant inquiété pour sa petite sœur.

— Racontez-nous donc ce qui s'est passé, proposa-t-elle doucement.

Chad glissa un rapide coup d'œil à Milena, mais eut la sagesse de ne pas s'en rapprocher. Jaeger acquiesça d'un bref signe de tête.

La princesse s'éclaircit la gorge. Regan retint son souffle, suspendue à ses lèvres.

— Pardon d'avoir causé tout ce tracas, Jag. Je voulais simplement avoir un peu de temps pour moi avant de me marier.

— Tu as disparu sans prévenir simplement pour avoir *un peu de temps pour toi* ? s'exclama Jaeger.

— Non, pas seulement, répondit Milena en se tordant les mains. Je voulais savoir ce que c'était que de vivre normalement. Sans gardes du corps, sans paparazzis, sans avoir à être polie et bien habillée tout le temps. C'est difficile à comprendre pour toi parce que tu trouves tout cela naturel, mais moi… J'ai l'impression de jouer le rôle d'une autre, de ne pas savoir qui je suis réellement.

— Milena…

— Laisse-moi terminer ! Le fait de travailler ensemble nous a rapprochés, Chad et moi. Alors quand je lui ai parlé de mon projet de vacances secrètes, il a proposé de m'accompagner pour s'assurer qu'il ne m'arrive rien. J'ai pensé que, me sachant avec un ami, tu t'inquiéterais moins.

Une tactique qui n'avait manifestement pas eu l'effet escompté, à en juger par le silence menaçant de Jaeger.

— Tu devrais le remercier d'avoir été là, reprit Milena. Je ne savais même pas comment acheter un billet de train.

— J'aurais remercié M. James s'il était venu me prévenir de ton plan farfelu au lieu de me mettre des bâtons dans les roues en déjouant la surveillance de mes services de sécurité. Te rends-tu compte du désastre si quelqu'un avait eu vent de ton escapade ? Imagine que le prince de Toran ait essayé de te joindre.

— J'étais certaine qu'il ne le ferait pas.

— Là n'est pas la question.

Jaeger se tourna vers Chad.

— Dites-moi, monsieur James, jusqu'à quel point êtes-vous devenu proche de Milena ?

— Certainement pas aussi proche que vous avec ma sœur.

— Chad, s'il te plaît ! s'interposa Regan. N'aggrave pas la situation.

— Comment pourrait-elle être pire ? Privé d'Internet pendant deux semaines, tu imagines le choc, hier, quand je me suis connecté et que j'ai vu défiler toutes ces photos de toi avec le roi ?

Non, elle n'imaginait pas vraiment, car elle aussi avait été privée d'accès à Internet.

— N'exagère pas, Chad.

— Tu veux rire ? s'exclama son frère. Demande donc à ton roi : ces photos sont diffusées dans le monde entier.

Regan se tourna vers Jaeger et lut dans son regard impassible la confirmation des propos de Chad. Il connaissait l'ampleur prise par l'affaire et il se fichait *royalement* des conséquences. La seule chose qui comptait, c'était de retrouver sa sœur.

— Chad, ça n'a pas d'importance, dit-elle. J'ai accepté parce que nous cherchions tous deux un moyen de vous faire revenir à Santara.

— Tu as accepté quoi, Reggie ? De te fiancer avec lui ? Bon sang, dis-moi que tu n'as pas aussi accepté de sauter dans son lit !

— Chad !

Ignorant son cri de protestation, il se tourna vers Jaeger, rouge d'indignation.

— Comment avez-vous pu l'entraîner dans cette histoire ?

— Ici, c'est moi qui pose les questions, répliqua Jaeger, d'un ton cinglant qui n'augurait rien de bon.

Regan jugea bon d'intervenir de nouveau, avant que la situation dégénère entre les deux hommes.

— Je suis venue à Santara te chercher, Chad. Personne ne m'y a forcée.

— Pourquoi ? Je t'avais prévenue dans mon dernier mail que je serais injoignable pendant quelque temps et que tu ne devais pas t'inquiéter.

Regan plissa les yeux.

— La dernière fois que tu m'as dit de ne pas m'inquiéter, la police m'a appelée pour que je vienne payer ta caution.

— J'avais seize ans ! Aujourd'hui, c'est complètement différent.

— En effet, observa froidement Jaeger. C'est pire. Vous devriez remercier votre sœur au lieu de lui crier dessus. Sans elle, vous seriez déjà derrière les barreaux.

— Je ne pense pas…

Jaeger s'avança d'un pas, usant de sa taille et de son autorité pour lui imposer le silence.

— Exact. Pour quelqu'un possédant un QI aussi élevé, vous ne pensez pas beaucoup.

— Chad, s'il te plaît, ne dis rien ! intervint Milena. Tout est ma faute.

— Non, Milena, ce n'est pas ta faute si tu vis sous la coupe d'un frère tyrannique qui ne pense qu'à lui.

— Arrête, Chad ! s'écria Regan. Tu n'as aucune idée du souci que nous nous sommes fait pour vous.

— Une dernière question, monsieur James, reprit Jaeger en épinglant Chad de son regard bleu polaire. Avez-vous couché avec ma sœur ?

— Jag ! s'écria Milena, visiblement choquée.

— Silence ! Tu es promise en mariage à un prince héritier. Si tu as couché avec ce garçon, je dois le savoir.

— Nous n'avons pas couché ensemble, répondit Chad sans ciller, plein d'une fureur rentrée. Votre sœur est quelqu'un de bien. Jamais je n'aurais abusé d'elle.

Regan dévisagea son frère. Était-il amoureux de la princesse ?

— Chad est un gentleman, renchérit Milena. C'est après moi que tu dois être furieux, Jag. Pas après lui.

— Rassure-toi, je suis furieux après toi !

— Pardon, Jag. Je n'aurais pas dû quitter Santara sans te prévenir. Mais j'étais sûre que tu refuserais si je te demandais la permission de partir quelques jours avec un ami.

Apparemment touché au vif par cette vérité toute simple, Jaeger se raidit.

— Tu es fatiguée. Nous en reparlerons demain matin. Quant à vous, monsieur James, interdiction de quitter le palais tant que cette situation n'aura pas été officiellement réglée.

— Que vas-tu lui faire ? s'inquiéta Milena.

— Ça ne te regarde pas.

— Bon sang, Jag ! explosa la jeune femme, poings serrés, les larmes aux yeux. Je me demande parfois si tu es humain !

— Milena !

Elle lui avait tourné le dos ; sa frêle silhouette vibrait de chagrin et d'indignation.

— Puis-je prendre congé, Majesté ? demanda-t-elle d'une voix étranglée.

Un muscle se crispa sur la joue de Jaeger, visiblement affecté par l'attitude de sa sœur.

— Tu peux. Nous poursuivrons cette conversation demain.

Quand elle fut sortie, il se tourna vers Regan.

— Tu peux me le dire : j'avais tort, c'est toi qui avais

raison. Et je tiens à m'excuser pour t'avoir impliquée dans cette stupide histoire.

Le cœur serré, Regan resta muette. Ce qu'elle voulait lui dire, c'était qu'elle l'aimait et qu'elle comprenait sa colère et sa peine. Ce qu'elle voulait, ce n'étaient pas ses excuses. Ce qu'elle voulait, c'était que disparaisse cet étranger froid et distant pour retrouver l'amant tendre et passionné.

Elle eut l'impression que son regard bleu l'enveloppait tout entière, puis plus rien. Comme s'il avait relevé ses barrières de défense pour lui interdire l'accès à son cœur.

— Monsieur James, suivez-moi.

En état de choc, Regan regarda la porte se refermer sur les deux hommes. Jaeger allait-il revenir vers elle après avoir parlé avec Chad ? Ou bien était-ce ici que se terminait leur histoire ?

Évidemment que c'était ici que se terminait leur histoire. L'homme qu'elle aimait n'avait aucune raison de la garder plus longtemps près de lui. La princesse Milena était rentrée et le sommet international était clos, chacun pouvait désormais reprendre le cours normal de sa vie.

Regan pressa les mains sur son cœur tant sa souffrance était vive. Était-ce donc si facile pour Jaeger de la quitter sans un regard, sans un mot ?

Pauvre idiote ! Qu'avais-tu espéré ? Dès le début, il était clair qu'il n'y aurait pas de suite à leur accord. Elle n'avait cessé de se le répéter, de se persuader qu'elle ne faisait que profiter de l'instant sans penser au lendemain. C'était le moment de prouver qu'elle ne se racontait pas d'histoires. D'après Jaeger, réussir à contrôler ses émotions n'était qu'une question d'entraînement.

Hélas, elle n'était pas certaine de réussir à tirer un trait sur lui, même avec beaucoup d'entraînement. Tomber amoureuse d'un homme qui ne voulait pas d'elle, c'était le pire des scénarios. Décidément, le destin avait l'art de lui jouer de sales tours. *C'est quoi déjà le dicton ? Les épreuves vous rendent plus fort ? Tu parles !*

Regan ravala un sanglot. Le cœur en berne, elle regagna le pavillon à l'autre bout du palais, le temps de se ressaisir et de surmonter son chagrin.

Ce fut là que Tarik vint la trouver. Avec un sourire triste, il lui tendit le communiqué de presse annonçant la rupture des fiançailles du roi avec Mlle Regan James.

— Si la forme vous convient, Sa Majesté vous demande de le signer.

Le communiqué était laconique. Le cœur au bord des lèvres, Regan apposa sa signature au bas de la feuille.

— Le roi tient également à vous dédommager pour le désagrément, ajouta Tarik, visiblement mal à l'aise. Si la somme vous paraît insuffisante, il vous demande de fixer votre prix.

— On dirait qu'il a hâte de me voir quitter le pays, murmura Regan.

Elle se demandait si dans la foulée il avait déjà préparé un communiqué de presse pour annoncer ses fiançailles avec la princesse Alexa. Ce monde n'était pas le sien. Les familles royales concluaient et annulaient des accords en un clin d'œil.

— Et Chad ? demanda-t-elle.

— Je suis là.

Surprise, elle tourna la tête et poussa un soupir de soulagement en apercevant son frère.

— Je vous laisse, déclara Tarik. Si vous avez besoin de quoi que ce soit, dites-le-moi.

— Attendez !

Regan retira la bague de fiançailles.

— Rendez-la au roi.

— Il souhaite que vous la gardiez.

— Non, dit-elle en secouant la tête pour retenir les larmes qui menaçaient. Ce n'est pas à moi de la porter.

— Comme vous voulez, mademoiselle James.

— Merci, Tarik. Je suis contente de vous avoir connu.

— Ce fut un honneur pour moi.

Le vieil homme s'inclina et tourna lentement les talons.

— Quelle histoire ! soupira Chad.

— À quoi t'attendais-tu ? Tu croyais que partir à la sauvette avec la princesse serait sans conséquences ?

— J'avoue que je n'ai pas vraiment réfléchi, et je m'en veux de t'avoir entraînée dans cette aventure. Je ne pensais pas que tu viendrais jusqu'ici me chercher.

— J'aurais mieux fait de rester chez moi, c'est sûr, marmonna Regan. Que t'a dit le roi ?

— Il m'a remonté les bretelles. Pas tant à cause de Milena, mais à cause de toi.

— Moi ?

— Mouais. Il m'a reproché de t'avoir fait une peur bleue et il m'a ordonné de prendre soin de toi.

— Oh ! c'est...

Regan inspira profondément. Ce n'était que la réaction normale d'un homme qui prenait ses responsabilités familiales très au sérieux.

— C'est quelqu'un de bien quand on le connaît. Et maintenant, que vas-tu faire ?

— Il m'autorise à reprendre mon poste chez GeoTech, mais il m'interdit tout contact avec Milena.

Regan perçut une légère tension dans la voix de son frère.

— Tu es amoureux d'elle ?

Chad ouvrit de grands yeux.

— Pas du tout ! Nous sommes simplement amis. En fait, c'est une fille formidable, qui me rappelle celui que j'étais au même âge, quand je ne savais pas trop où était ma place dans ce monde. Elle n'a personne à qui se confier, alors j'ai voulu faire pour elle ce que tu as fait pour moi : être là, tout simplement. Mais en ce moment, c'est toi qui m'inquiètes, Reggie.

Il lui prit la main.

— Le roi t'a fait du mal ? S'il t'a forcée à faire quelque chose que tu ne voulais pas, je...

— Il ne m'a forcée à rien, Chad. Pas de la façon dont tu l'entends. Il était juste mort d'inquiétude pour sa sœur.

Regan libéra sa main et s'avança vers la fenêtre qui

surplombait les jardins. Mais la douleur qu'elle avait dans le cœur devait se refléter dans ses yeux car Chad s'approcha.

— Tu es amoureuse de lui, hein ?

— Ça se voit tant que ça ?

— Oui, et je déteste te voir malheureuse. Que vas-tu faire ?

— Rien. Il n'y a rien que je puisse faire. Jaeger m'a fait clairement comprendre que je devais partir. Alors, je vais rentrer à la maison.

— Tu lui as dit que tu l'aimais ?

— Non. S'il avait voulu que je reste, il me l'aurait fait savoir.

Ils se tinrent un moment silencieux côte à côte, à contempler les jardins. Ils se connaissaient assez pour se communiquer leurs pensées sans avoir besoin de les dire. Soudain, Chad se tourna vers elle.

— Une voiture attend pour me ramener à mon appartement. Tu veux venir ?

— Bien sûr. Je ne vais pas rester ici.

— Mais, le roi… Tu devrais tout de même aller lui dire au revoir, non ?

Regan y avait songé, mais elle s'en sentait incapable.

— Il sait où me trouver, Chad. Retarder l'inévitable ne servira à rien.

Sauf à la faire souffrir davantage.

12.

Jaeger baissa les yeux sur les conclusions du rapport. Le sommet international avait été un succès et les retombées politiques et économiques pour Santara dépassaient ses espérances. Il n'éprouvait pourtant aucune joie, aucun enthousiasme. Il n'éprouvait plus rien pour quoi que ce soit depuis que Regan était sortie de son existence. C'était comme si chaque jour devenait un exercice de résistance au manque. Un test de ses capacités d'endurance à la douleur.

Dix ans auparavant, après le coup de téléphone le prévenant du décès de son père, il lui avait fallu quelques minutes pour absorber l'information, puis, très vite, son cerveau était passé à la vitesse supérieure. Il était rentré à Santara, il avait rencontré les responsables politiques et pris les rênes du royaume. Les premiers mois étaient passés dans une sorte de tourbillon, sans qu'il ait le temps de faire son deuil, sans qu'il ait le temps de respirer. Il croyait alors avoir vécu la plus dure des épreuves, mais ce n'était rien comparé à celle qui l'attendait après avoir vu Regan s'engouffrer dans cette voiture avec son frère, sans un regard en arrière.

Qu'avait-il espéré ? Il l'avait d'abord terrorisée, puis retenue de force au palais. Il s'était ensuite servi d'elle en la faisant passer pour sa fiancée. Après quoi, il ne lui avait laissé d'autre choix que de l'accompagner dans son oasis et…

Il préférait ne pas penser à ce qui s'était passé là-bas. À quoi bon revivre ces moments magiques ? Elle était rentrée à New York, elle avait repris le cours de sa vie et lui aussi.

Un coup frappé à la porte l'arracha à ses idées noires.

Tarik entra, l'air tracassé. La dernière fois qu'il l'avait

vu arborer cette mine, c'était à cause d'une Américaine à la chevelure flamboyante et au regard pailleté d'or…

— Vous avez vu ma sœur ?

— Oui. L'essayage de la robe de mariée s'est bien passé.

Jaeger était surpris. Il n'était pas certain que Milena soit toujours d'accord pour épouser le prince de Toran. Elle ne lui en avait pas parlé. De fait, elle ne lui adressait plus la parole depuis qu'il lui avait interdit tout contact avec Chad James. Que croyait-elle ? Qu'il allait encourager leur amitié après ce qui s'était passé ? Ce gars-là avait de la chance d'avoir encore un boulot. Une concession faite uniquement par égard pour Regan.

— Parfait. Alors, pourquoi cet air contrarié, Tarik ?

— Le service des relations publiques attend votre déclaration concernant la rupture de vos fiançailles avec Mlle James. Il aimerait savoir quand vous souhaitez diffuser la nouvelle dans les médias.

Jaeger fit pivoter son siège pour contempler le ciel qu'embrasait le soleil couchant. Un ciel identique à celui qui avait précédé leur nuit sous sa tente…

— Quand je serai prêt. La formulation ne me plaît pas. Je ne veux pas que Mlle James subisse les conséquences de cette rupture.

— Je comprends, Majesté. Mais c'est un peu tard pour ça.

Jaeger se tourna vers Tarik.

— Que voulez-vous dire ?

— La presse harcèle Mlle James depuis son retour aux États-Unis. L'annonce de votre rupture pourrait au contraire calmer les journalistes.

— Comment ça, la presse la harcèle ? Une équipe de sécurité était censée la raccompagner jusque chez elle et tenir les journalistes à distance aussi longtemps que nécessaire.

— Mlle James a refusé et pris un vol de retour commercial, Majesté.

Jaeger bondit.

— Pourquoi n'ai-je pas été prévenu ?

— Plus personne n'ose mentionner son nom en votre présence.

— Sauf vous, Tarik.

Le vieil homme hésita.

— En fait, quand je vous ai rapporté la bague, moi non plus, je n'ai rien osé vous dire. Mais si je peux me permettre, Majesté, pourquoi l'avez-vous laissée partir ? Nous la trouvions tous parfaite pour vous.

Excellente question : pourquoi l'as-tu laissée partir ?

Oui, pourquoi avait-il laissé partir cette femme dont il appréciait tant la compagnie ? Cette femme qui avait pris un risque incroyable par amour pour son frère. Cette femme qui en dépit des épreuves avançait, altière et courageuse. Cette femme qu'il…

Jaeger voulut repousser une bouffée d'émotion, mais cette fois, sa maîtrise de soi lui fit défaut. Cette fois, l'émotion le submergea. « Le cœur a ses raisons que la raison ne connaît point. » Était-il possible qu'il ait eu le coup de foudre pour Regan James ? La logique lui disait que c'était impossible en si peu de temps. Mais son cœur, lui, n'écoutait pas. Son cœur lui disait le contraire.

Jaeger dévisagea Tarik. Il avait la réponse à sa question.

— À cause de la peur, dit-il en attrapant sa veste suspendue près de la porte. Rien d'autre que la peur.

— Ils sont toujours là ?

Penny jeta un bref coup d'œil sur la rue par la fenêtre du petit appartement de Regan.

— Il y en a partout, jusque dans les arbres, répondit-elle. J'ai l'impression qu'ils sont chaque jour plus nombreux.

— Ils finiront par se lasser, soupira Regan.

— Tu ne peux pas les laisser continuer à te traquer comme une bête ! s'exclama Penny, indignée. Il faut faire quelque chose.

— Quoi ? J'ai beau leur dire que je ne suis plus fiancée au roi de Santara, ils ne me croient pas.

Penny fit la grimace.

— Voilà ce qui arrive quand on devient la maîtresse d'un roi du désert !

— Je n'étais pas sa maîtresse ! protesta Regan.

— Tu as couché avec lui.

— Une nuit seulement.

Penny inclina la tête sur le côté, l'air sceptique.

— Tu rougis à chaque fois que tu parles de lui. Dis-moi, c'était si bien que ça au lit ?

Regan rougit de plus belle.

— Non, ne me réponds pas, reprit son amie avec un soupir théâtral. Je donnerais n'importe quoi pour une nuit de super sexe dans les bras d'un aussi beau mec, roi ou pas roi. Et même si c'est sans lendemain.

— Vaut mieux pas, marmonna Regan. Crois-moi, ça demande de l'entraînement pour oublier un tel homme…

La disparition de ses parents lui avait appris qu'avec le temps les blessures cicatrisaient et que la douleur devenait supportable. Malheureusement, elle n'en était pas encore là avec Jaeger.

— J'ai été naïve, reprit-elle. Je n'imaginais pas que jouer sa fiancée pendant quelques jours lancerait une meute de journalistes à mes trousses.

— Les histoires d'amour passionnent le public, observa Penny. Au fait, qu'est-il advenu du communiqué de presse que tu as signé ?

— Aucune idée. Jaeger a peut-être demandé que sa diffusion soit limitée au royaume.

— Même s'il l'avait fait placarder uniquement dans les toilettes du palais, le monde entier serait au courant.

Regan ne put s'empêcher de sourire. Heureusement que Penny était là ! Dès que son amie avait vu sa tête, le jour où elle avait repris le travail, elle l'avait poussée dans la salle des profs, avait refermé la porte derrière elles et avait pris Regan dans ses bras. Pour avoir eu elle-même le cœur brisé, Penny connaissait les signes. En revanche, leurs collègues avaient été moins compréhensifs. Certains ne se gênaient pas pour lui poser des questions atrocement indiscrètes sur sa relation avec le roi, tandis que d'autres lui en voulaient d'avoir rameuté des hordes de journalistes jusque devant les grilles de l'école.

— Tu es retournée voir sur Internet ? s'enquit Penny.

Regan secoua la tête. Elle ne voulait plus faire de recherches en ligne. Chaque fois, elle était bombardée de photos d'elle avec Jaeger. C'était trop douloureux.

— Tu devrais appeler le Palais pour savoir, insista Penny. Tu as le droit de vivre sans être harcelée. Si tu veux, c'est moi qui appelle. Donne-moi le numéro.

— Penny, je ne crois pas que…

Un martèlement sur la porte d'entrée les fit sursauter.

— Comment ont-ils fait pour monter jusqu'ici ? chuchota Penny. Il y a pourtant un code à la porte du rez-de-chaussée.

— L'un des voisins a dû la laisser entrouverte par mégarde, soupira Regan.

Penny jeta de nouveau un coup d'œil par la fenêtre.

— Surtout n'ouvre pas ! Il n'y a plus un seul paparazzi sur le trottoir. Ils doivent tous être entassés sur ton palier.

— Regan ! Je sais que tu es là. Ouvre cette porte !

Elle se figea. Seigneur, rêvait-elle ?

— Oh oh… Celui-ci a une voix diablement sexy, susurra Penny.

— Regan !

Non, elle ne rêvait pas…

— C'est lui, chuchota-t-elle, affolée.

— Qui ?

Regan déglutit péniblement.

— Le roi.

— Tu es sûre ?

— Regan !

Pas de doute. C'était bien sa voix. Son ton aussi. Elle hocha la tête.

— Sûre et certaine.

— Mince… Que vient-il faire ici ?

— Aucune idée.

— Regan, ouvre cette porte, s'il te plaît !

Penny haussa un sourcil.

— Cette fois, il a dit « s'il te plaît ». Tu veux que je m'en occupe ?

— Non, laisse. J'y vais.

Les jambes en coton, Regan alla ouvrir…

*
* *

Le cœur de Regan bondit comme s'il voulait jaillir hors de sa poitrine. Jaeger était là, l'air sombre.

— Il était temps. J'allais enfoncer cette fichue porte.

— Pourquoi ?

— Je commençais à croire qu'il t'était arrivé malheur. Tu n'as pas répondu à un seul de mes appels depuis hier.

Le cerveau de Regan barbotait péniblement en quête d'une explication à la présence de Jaeger sous son nez.

— Oh… J'ai éteint mon téléphone parce qu'il n'arrête pas de sonner, marmonna-t-elle.

— Ce n'est pas une raison.

— Je ne peux pas faire autrement.

— Parce que tu as eu la mauvaise idée de refuser le service de sécurité que j'avais mis à ta disposition. Tu croyais que les paparazzis allaient te laisser en paix ? Qu'ils n'essaieraient pas d'obtenir ta version de l'histoire ?

— Euh… Oui, bredouilla Regan. Je n'imaginais pas…

— Tu aurais dû m'appeler !

— Écoute, Jaeger. Tout va bien. Merci de t'inquiéter, mais je peux me débrouiller seule.

Il la considéra de la tête aux pieds, la mettant à nu sous l'éclat intense de son regard.

— Je sais. Je ne connais pas de femme plus courageuse que toi.

L'air entre eux semblait grésiller, comme à chaque fois qu'ils étaient aussi proches.

— Bon. On ne va pas poursuivre cette conversation sur le palier, si ? demanda-t-il.

Il lui passa devant et entra dans l'appartement d'un pas décidé. Impuissante à l'arrêter, Regan se heurta à son dos quand il s'immobilisa brusquement au milieu de la pièce.

— Qui êtes-vous ? lança-t-il.

— Je… Je m'appelle Penny, l'amie de Regan.

— Eh bien, Penny, l'amie de Regan, je me présente : Jaeger, roi de Santara, le fiancé de Regan. J'aimerais lui parler seul à seule.

— Oh ! oui. Bien sûr ! Enfin, si elle est d'accord, ajouta Penny.

Regan se rendit soudain compte de ce que Jaeger venait d'affirmer ; ses yeux s'écarquillèrent.

— Mais… Tu n'es plus mon fiancé ! protesta-t-elle.

Il tourna vers elle un visage impassible.

— Si. Je n'ai toujours pas officialisé notre rupture.

— Quoi ? Je t'ai rendu la bague, ta sœur est rentrée, notre accord s'arrête là !

— Je modifie les clauses du contrat.

— Tu n'as pas le droit !

Il la dévisagea avec l'expression de patience exaspérée habituellement réservée aux enfants.

— *Habibi*, tu veux bien demander à ton amie de nous laisser seuls ? À moins que tu veuilles poursuivre cette conversation devant témoin.

— Euh, non… Penny, ne t'inquiète pas. Il ne me fera pas de mal.

Du moins, pas intentionnellement, songea-t-elle. Mais le simple fait de le regarder, d'être si proche, était douloureux tant il lui était difficile de contenir son émotion.

— Je t'appelle plus tard, promit Penny, avant de s'éclipser.

Dès que la porte se fut refermée sur son amie, Regan nota à quel point Jaeger avait l'air tendu.

— Je comprends que tu t'inquiètes, dit-elle, mais il n'est pas question que je circule en ville entourée de gardes du corps. Ce serait pire. As-tu fait paraître le communiqué de presse ? Penny pense que ça devrait calmer les journalistes. Même sans la bague, ils nous croient toujours ensemble.

Elle se laissa tomber sur une chaise avec un soupir découragé. Depuis qu'elle avait atterri à New York, elle était bombardée de demandes : où est le Roi ? Quand doit-il venir vous voir ? Avez-vous fixé la date du mariage ? Un sourire, Regan ! Racontez-nous votre rencontre.

— Je n'ai pas fait diffuser le communiqué, marmonna Jaeger en arpentant le minuscule appartement.

Sa haute taille et sa carrure semblaient emplir tout l'espace. Regan plissa le front, perplexe.

— Pourquoi ? Et pour quelle raison veux-tu modifier les clauses de notre accord ?

— Parce que j'ai eu tort, et ce n'est pas facile pour moi de le reconnaître.

Il hésita, revint sur ses pas et se planta devant elle avant de reprendre :

— Tu avais raison pour Milena. Elle ne veut pas épouser le prince de Toran. Du moins, pas tout de suite. Tu seras contente d'apprendre que je lui ai parlé avant de venir ici et que le mariage est repoussé d'un an. J'ai également accepté qu'elle reprenne son travail chez GeoTech. En collaboration avec ton frère.

— C'est très gentil de ta part. Mais tu es conscient que Milena est suffisamment grande pour savoir ce qu'elle veut et faire ses propres choix, n'est-ce pas ?

— Pas tout à fait encore. Je reconnais qu'après ses soucis de santé, il y a trois ans, j'ai cessé d'écouter ce qu'elle me disait, persuadé que je savais ce qu'elle voulait. Une erreur que je ne veux pas répéter avec toi.

Surprise, Regan battit des paupières.

— Comment pourrais-tu la répéter avec moi ?

— En présumant que tu désires la même chose que moi.

Jaeger s'accroupit pour être à la hauteur de ses yeux. Le cœur dans la gorge, Regan soutint son regard.

— Que désires-tu, Jaeger ?

Il poussa un soupir.

— Est-ce si difficile à comprendre, *habibi* ? C'est toi que je désire. Quand tu es partie, tu as volé une part de moi-même dont je ne soupçonnais pas l'existence.

La lueur triste au fond de ses yeux bleus la fit frissonner.

— Tu peux me dire ce que je t'ai volé ? demanda-t-elle d'une voix hésitante.

— Mon cœur, *habibi*. Tu as volé mon cœur.

Regan sentit enfler dans sa poitrine un sentiment qui ressemblait à l'espoir.

— Pourtant… Tu ne crois pas à l'amour, bredouilla-t-elle. C'est toi-même qui me l'as dit.

— Ce n'est pas tout à fait vrai. J'y crois. Simplement, je pensais pouvoir vivre sans.

Saisissant ses mains dans les siennes, il la fit se lever.

— Tu m'as envoûté dès le premier regard. Mais je ne suis pas doué pour exprimer mes émotions, Regan. Toute ma vie, j'ai préféré les refouler de peur de souffrir. Éprouver des sentiments, c'est prendre le risque de perdre l'être aimé. C'est prendre le risque d'être blessé.

Il lâcha un petit rire étranglé, comme si ce concept lui paraissait grotesque à présent.

— Toutes ces années, j'ai réussi à me persuader que je n'avais pas besoin d'amour. Je pensais même ne pas être capable d'en ressentir. J'avais tort. Je l'ai compris après t'avoir perdue.

— Tu ne m'as pas perdue, murmura Regan. Je suis partie parce que j'ai cru que tu ne voulais pas de moi.

Jaeger secoua la tête.

— Ne pas vouloir de toi ? Je te désire comme un fou !

— Alors pourquoi m'as-tu si facilement tourné le dos après le retour de Milena ?

— Question d'entraînement. J'ai vu mes parents se tourner le dos toute leur vie. Je n'avais pas conscience de reproduire le même schéma, jusqu'à ce que tu t'en ailles. Désormais, je veux m'entraîner à exprimer mes émotions. À affronter mes sentiments. Je veux m'entraîner à être amoureux. Avec toi.

Il lui sourit. Un sourire lent qui fit pétiller ses yeux.

— Tu veux bien de moi, *habibi*, malgré tous mes défauts ?

Regan eut l'impression que tout son corps, ses sens, son âme s'embrasaient. De pur bonheur.

— Seulement si toi aussi tu veux bien de moi, malgré tous mes défauts.

— Tu n'en as pas.

— Ça, c'est la preuve que tu m'aimes vraiment, parce

que j'en ai plein. Tu sais combien je peux être exaspérante quand je te tiens tête.

Jaeger la contempla quelques instants, les yeux brillants. Puis il rit et l'attira contre lui.

— Tu m'as manqué. Dis-moi que je t'ai manqué aussi.

— Oh ! Jag, tu ne peux pas savoir à quel point ! chuchota-t-elle en se hissant sur la pointe des pieds pour lui offrir sa bouche.

— Tu te souviens de la photo que tu as prise dans le désert ? murmura Jaeger. Celle avec le faucon.

— Oui.

— Tu m'as demandé à quoi je pensais à cet instant, et je t'ai répondu que je ne m'en souvenais pas.

Il plongea dans les yeux de Regan, comme s'il lui offrait son âme.

— Redemande-le-moi.

— À quoi pensais-tu ?

— Je me disais que c'était merveilleux d'être là avec toi. Je me disais que je n'avais jamais été aussi heureux.

Regan se serra contre lui, incapable de parler tant l'émotion qui gonflait son cœur était forte. Jaeger s'écarta légèrement, le visage grave.

— Je veux partager mon existence avec toi, *American Lady*. Pour toujours. Acceptes-tu d'être ma reine ? Pourras-tu supporter d'être le centre de l'attention générale le restant de ta vie ?

Émue, elle lui caressa la joue.

— Mon amour, je peux tout supporter du moment que je suis le centre de *ton* attention.

— *Habibi*, tu l'es déjà. Tu es le centre de mon univers.

Épilogue

Milena arrangea la traîne du somptueux voile de mariée de Regan.

— Tu es très belle, murmura la jeune princesse, émue.

— Merci, Milena.

— C'est moi qui te remercie. Tu as transformé mon frère. Je ne l'ai jamais vu aussi heureux.

Regan sourit.

— Lui aussi me rend merveilleusement heureuse.

Après s'être interdit de rêver et avoir mis de côté ses désirs pendant tant d'années, passer ces trois derniers mois avec Jaeger lui avait donné l'impression d'une seconde naissance. Elle s'épanouissait, et s'émerveillait de se sentir enfin libre et légère.

Elle baissa les yeux sur le bracelet en or massif à son poignet. Le bijoutier y avait inséré en médaillon un portrait de ses parents.

— Merci, chuchota-t-elle à leurs visages souriants. Merci pour m'avoir aimée et montré comment aimer.

Jaeger lui avait offert ce bijou comme gage de son amour, tout en réclamant son indulgence s'il avait encore parfois du mal à exprimer ses sentiments. Mais ce n'était pas nécessaire. Son amour, elle le lisait à chaque instant dans ses yeux.

Milena lui prit la main et la serra fort.

— Je sais que c'est grâce à toi si mon frère a accepté de me laisser partir étudier à Londres.

— Tu seras toujours sa petite sœur ; il se fera toujours du souci pour toi. Mais je pense que tu fais le bon choix.

— J'en suis certaine. Je veux me marier par amour comme toi et Jag, conclut Milena.

Celle-ci, sous ses dehors réservés, se révélait d'un tempérament aussi tenace et passionné que son frère.

Regan hocha la tête en riant.

— Tu as raison. Crois-moi, ça vaut la peine d'attendre.

Rayonnante, elle se tourna vers Penny, qui passait la tête par la porte, l'air paniqué.

— Vous feriez bien de vous dépêcher ! Ton roi ne va pas t'attendre éternellement, Reggie ! On dirait qu'il est sur le point de perdre patience et de venir te chercher pour te traîner lui-même jusqu'à l'autel.

Regan éclata de rire. Jaeger en serait capable, et ça lui plaisait. Elle qui avait rêvé d'un amour aussi fou que celui de ses parents, elle l'avait trouvé.

— Où est Chad ?

— Il t'attend.

Penny s'écarta pour laisser Regan s'avancer sur le tapis rouge. Un murmure parcourut la foule. Chad s'approcha, fier et souriant.

— Tu es rayonnante, sœurette. Et maintenant, en route, avant que ton fiancé m'accuse de crime de lèse-majesté pour entrave à ses noces.

Avec un petit rire, Regan posa la main au creux de son bras.

— Allons-y, dit-elle.

Elle se tourna et se mit en marche vers l'autel. Plus elle s'en approchait, plus elle plongeait dans les profondeurs marines du regard de l'homme de ses rêves. Et c'était là qu'elle voulait vivre pour le restant de ses jours.

Retrouvez en octobre 2019,
dans votre collection

Azur

Le secret d'un mariage, de Louise Fuller - N°4136

ENFANT SECRET

Revoir Aristote Leonidas cause un choc à Teddie. Entre eux, en effet, il n'y a pas seulement un mariage raté, mais un petit garçon de trois ans dont Aristote ne soupçonne même pas l'existence. Hélas, lorsque ce tendre secret est révélé, Teddie doit faire face aux conséquences de son trop long silence. Et accepter de redevenir l'épouse de celui qu'elle a tout fait pour oublier – comme il l'exige !

Un contrat irrésistible, de Cathy Williams - N°4137

Il a bâti un empire, broyé ceux qui faisaient obstacle à son succès. Rien ne résiste à Luca Ross. Jusqu'à ce qu'il devienne le tuteur d'un enfant. Face au petit Jake, il se sent soudain… démuni. Alors, pour s'occuper de son héritier, il n'hésite pas à embaucher Ellie Edwards, la seule femme capable de faire sourire Jake ! Même si la jeune femme, guère impressionnée par son nouveau patron, lui témoigne une franche hostilité…

Maître de ses sentiments, de Natalie Anderson - N°4138

En franchissant les grilles de la Villa Rosetta, Grace retient son souffle. La propriété est un chef-d'œuvre d'élégance, un joyau. Prendre soin des rosiers du parc, en l'absence du propriétaire, ne sera pas une corvée pour elle, mais un réel plaisir... Alors qu'elle se fait ces réflexions, elle tombe nez à nez avec le plus bel homme que la Terre ait jamais porté, mais qui, sans ménagement, l'accuse d'être une intruse. Aussitôt, Grace comprend qu'il s'agit du sulfureux Rafael Vitale. Le maître des lieux.

Une nuit avec Ethan Devereux, de Carol Marinelli - N°4139

Revers de sa fortune colossale, Ethan Devereux est poursuivi par les paparazzis. Alors, quand la jolie Merida lui révèle être enceinte, suite à la nuit époustouflante qu'ils ont passée ensemble, il décide de prévenir tout scandale… en épousant la jeune femme. Une idée folle et excitante à la fois. Car si Merida semble choquée qu'il lui propose un mariage de convenance, lui est sûr de la convaincre du bien-fondé de leur union, une fois que les portes de leur chambre nuptiale seront closes…

La danseuse et l'homme d'affaires, de Bella Frances - N°4140

La danse est pour Ruby bien plus qu'une passion : c'est sa vie. Depuis ses onze ans où elle a intégré le British Ballet, l'institution est son foyer, sa famille, le seul endroit où elle se sent à l'aise. Alors aujourd'hui qu'elle doit convaincre Matteo Rossini d'être le mécène de la compagnie pour la sauver, elle est au comble de l'angoisse. Elle n'a pas le droit à l'erreur, face à l'homme d'affaires – redoutable et si sexy à la fois…

Une candidate trop parfaite, de Michelle Smart - N°4141

D'accord, Dante aime les femmes. Ce n'est pas un crime. Hélas, ses partenaires en affaires ne partagent pas cet avis, et lui prêtent une réputation scandaleuse. Aussi, pour mener à bien un gros contrat, lui faut-il d'urgence trouver une fiancée qui fera de lui un homme respectable… Alors qu'il se fait ces réflexions, se présente à lui la belle Aislin. Une jeune femme qui le déteste et représente pour cette raison même, la candidate idéale. Dénuée de tout sentiment, une union de convenance n'est-elle pas la clé du succès ?

Dans les bras d'un souverain, de Susan Stephens - N°4142

LES PRINCES DU DÉSERT

Alors qu'elle travaille sur un luxueux yacht, Millie retrouve le cheikh Khalid, dont elle est tombée éperdument amoureuse, huit ans plus tôt…. Impossible pour elle d'ignorer le désir qui l'envahit, dès qu'il la regarde. Contre toute raison, elle succombe au plaisir, entre les bras du puissant souverain. S'ils ne sont pas du même monde et n'ont aucun avenir ensemble, les émotions qui les rapprochent sont bien réelles. Et les conséquences de leur folle liaison, bien davantage encore…

Une mariée en héritage, de Maisey Yates - N°4143

SÉRIE : *INNOCENTES PASSIONS* - 2/2

Pour toucher son héritage, Diego Navarro n'hésite pas à enlever la fiancée de son frère ! N'est-il pas réputé pour être impitoyable et sans cœur ? Mais alors qu'il attendait que la belle Liliana s'insurge contre le procédé, il est sidéré de voir qu'elle se plie à ses exigences, en l'épousant. Comme si elle était résignée à son destin… En fait, c'est Diego qui est bientôt pris au piège, dans ce mariage forcé. Car sa douce promise éveille en lui des sentiments qu'il s'est toujours interdit d'éprouver…

Une bague à son doigt, de Pippa Roscoe - N°4144

SÉRIE : *LE CERCLE DES TROIS* - 1/3

« Emma, j'ai besoin que vous me trouviez une fiancée pour demain. » De toutes les missions impossibles que lui a confiées Antonio Arcuri, celle-ci mérite la palme ! En tant qu'assistante personnelle d'un puissant homme d'affaires, Emma sait faire preuve d'initiative et d'audace, mais son dévouement a des limites… Or, quand son patron suggère qu'elle joue elle-même le rôle de la femme de sa vie, elle se surprend à accepter…

Une reine scandaleuse, de Jane Porter - N°4145

Lorsque Josephine sauve de la noyade un inconnu, elle est immédiatement captivée par son charme. Mais Alexander est amnésique et incapable de lui donner son identité. Malgré les doutes, la passion les emporte tous deux et les lie de la plus intime façon qui soit… Jusqu'à ce que la réalité les frappe de plein fouet : Alexander n'est autre que le souverain d'Aargau. Et pour éviter un retentissant scandale royal, Josephine doit accepter de devenir sa reine…

Une alliance sous contrat, de Sharon Kendrick - N°4146

Lily retient avec peine ses larmes. Ainsi, Ciro d'Angelo, cet arrogant homme d'affaires italien, est le nouveau propriétaire de la maison familiale où elle a grandi ! Une demeure que Lily croyait avoir héritée de son père mais que sa belle-mère s'est visiblement empressée de vendre sans rien lui en dire. Que va-t-elle devenir si Ciro lui demande de quitter les lieux ? Où ira-t-elle, avec son jeune frère dont elle a la charge ? Mais alors que le désespoir menace de la submerger, Ciro lui fait une incroyable proposition : elle pourra rester dans la maison familiale, à condition de l'épouser…

Composé et édité par HarperCollins France.

Achevé d'imprimer en août 2019.

CPI
BLACK PRINT

Barcelone

Dépôt légal : septembre 2019.

FSC
www.fsc.org
MIXTE
Papier issu de
sources responsables
FSC® C108412

Pour limiter l'empreinte environnementale de ses livres, HarperCollins France s'engage à n'utiliser que du papier fabriqué à partir de bois provenant de forêts gérées durablement et de manière responsable.

Imprimé en Espagne.